„Fang an zu beten, Kind."

-

„Atme, verdammt!"

Lia Labes K.

Meine Sünde

© 2020 Lia Labes K.

Autor: Lia Labes K.
Umschlaggestaltung, Illustration: Isaky

Verlag & Druck: tredition GmbH, Halenreie 40-44, 22359 Hamburg
ISBN – Paperback: 978-3-347-01464-0
ISBN - Hardcover: 978-3-347-01465-7
ISBN - e-book: 978-3-347-01466-4

Bibliografische Information der Deutschen Nationalbibli-othek:
Die Deutsche Nationalbibliothek verzeichnet diese Publi-kation in der Deutschen Nationalbibliografie; detaillierte bibliografische Daten sind im Internet über http://dnb.d-nb.de abrufbar.

Inhaltsverzeichnis

Hinweis

Diese Geschichte ist frei erfunden. Jegliche Übereinstimmungen mit realen Personen und tatsächlichen Ereignissen sind rein zufällig. Das Lesen in Ruhe und bewusstes Nachdenken wird wärmstens empfohlen. Unnötiger Stress oder Gewissensbisse sollen vermieden werden.

Kursive Sätze sind Gedanken der Hauptfigur. Sie werden grundsätzlich nicht ausgesprochen und deshalb auch nicht von einer anderen Person in der Szene gehört.

Im Kapitel 9 „Ethos" wird es dem Leser möglich sein, eine Entscheidung zu treffen und somit das Ende der Geschichte zu beeinflussen. Es wird deshalb gebeten, die Wahl gut zu überdenken.

Nun beginnt die Handlung, besser gesagt, die Geschichte.
Herzlich willkommen in Kieferberg.

Kapitel I: Schutz

Es herrscht Finsternis um mich herum. Nur eine Kinderstimme dringt hallend durch die Schwärze:

„Mama? Wo ist Papa?"

Ein Schein leuchtet durch eine offene Tür. Man erkennt eine Silhouette, die weinend auf einem alten Stuhl hockt.

„Mama?"

Sie wendet sich zu mir und sieht auf mich herunter, als sei ich ganz klein. Daraufhin wischt sie sich die Tränen ab und sagt mit zittriger Stimme:

„Hey, Alex... Hör mal: Papa... kommt nicht nach Hause..."

„Wieso? Hat er sich verfahren?"

„Nein", erwidert sie, „er sucht noch etwas..."

Ich lege meine kleinen Hände auf ihren Schoß.

„Bitte, nicht traurig sein. Er wird es schon finden! Was sucht er denn? Ich kann ihm ja helfen!"

Sie fängt langsam an zu lächeln und antwortet:

„Das ist ganz lieb von dir, mein Schatz, aber ich glaube, es ist besser, wenn Papa es selber findet."

„Was sucht er denn?", frage ich erneut.

Sie sieht traurig, aber zu gleich auch erleichtert in meine Augen und murmelt: „Schutz."

Helle Blitze und zudem ein Donnerschlag reißen mich aus dem Traum und ich befinde mich wieder an einem viel kühleren Ort, als in unserem alten Haus. Erst als sich meine Augen an das Licht gewöhnen, erkenne ich einen Altar, ein paar Statuen und Kerzen. Die Kirche. *Wie lange ich schon auf dieser alten Bank sitze? Bin ich etwa eingeschlafen?* Mir wird ganz unwohl, da ich den Regenstrom von draußen mitbekomme. Das Gewitter will einfach nicht aufhören. Ich setze mich bequem hin und realisiere langsam meine Umgebung. Die Kälte, kein Lärm von Autos und dieses Gefühl von Ruhe. Wohlbefinden und Sicherheit. Benommen betrachte ich die Statuen am Hochaltar und erinnere mich an die alten Zeiten, in denen mich meine Mutter immer mit zur Kirche nahm. Ich konnte fast nie stillsitzen und musste immer irgendwo herumlaufen. Einmal hatte mich sogar der Pfarrer selbst vorsichtig an der Hand genommen und mich mit zu seinem Sessel geführt. Seitdem er mich auf diesem ‚Thron' sitzen ließ, bin ich immer ganz brav und still bei den Messen gewesen. Nachdem mein Vater noch immer ‚auf der Suche' war, fühlte sich meine Mutter nicht mehr wohl zu Hause und begann sich weinend im Bad oder im Schlafzimmer einzusperren. Ich wusste damals noch nicht, was mit ihr los war, begleitete sie aber trotzdem jeden Sonntag zur Messe, in der Hoffnung der Pfarrer könne sie trösten. Er sprach ihr Mut zu, gab ihr den Segen und sie beteten gemeinsam oft den Rosenkranz. Wie sollte man als Kleinkind so etwas verstehen? Und vor allem: Wieso tat der Pfarrer dies? Trotz der vielen Aufgaben und reichlichen Messen, fand er immer wieder Zeit, meiner Mutter zu helfen. Oft dauerte dies ein paar Stunden.

Fand sie etwa in ihm… Schutz? Aber vor was, oder vor wem? Es stimmt wirklich, damals konnte ich so etwas nicht verstehen. Aber wenn ich etwas verstand, dann, dass der Pater für mich damals eine Art ‚Opa'-Rolle übernahm. So etwas bedeutet viel für jemanden ohne Großeltern, Geschwister oder einen Vater.

Ich spiele mit dem Gedanken zu gehen, als plötzlich das Quietschen eines Hebels ertönt. Mein Blick fällt nach rechts auf die andere Seite, wo die zweite Bankreihe steht. Ein kleiner Mann, gehüllt in einen braunen Mantel, schließt mit diesem Hebel das hohe Fenster. Er dreht sich um und kommt auf direktem Wege zu mir.

„Habe ich dich geweckt?", fragt seine ältere Stimme. Ich schüttle den Kopf. Er lächelt und fragt mit einer deutenden Handbewegung, ob er sich neben mich setzen könne. Schweigend nicke ich.

„Wie … wie lange habe ich geschlafen?", frage ich neugierig.

Er schaut erstaunt auf seine alte Armbanduhr und nickt:

„Ach, sagen wir... eine Stunde? Oder doch besser zwei? Gleich nachdem du hereingekommen bist, hast du dich in die dritte Reihe gesetzt und bist erschöpft eingeschlafen."

Was? Schon zwei Stunden?! Das kann doch nicht wahr sein! Ich seufze und will meinen Kopf zurückwerfen, dabei stoße ich mir mächtig den Schädel an der Säule hinter mir.

„Argh!", rufe ich verärgert und drücke meine Hände auf die schmerzende Stelle am Hinterkopf. Mit gekrümmtem Oberkörper fluche ich. Der Pfarrer ist herrlich amüsiert. Peinlich berührt entschuldige ich mich für meine Wortwahl. *Klar, wenn was von meiner Kindheit blieb, dann das Benehmen und den Respekt vor Gott.*

„Du hast friedlich geschlafen, mein Kind. Ich wollte dich auf keinen Fall wecken."

Seufzend erkläre ich:

„Pater Luis, ich werde heute 18 Jahre alt. Sie können jetzt gern aufhören, mich ‚Kind' zu nennen."

Er schmunzelt nur und erwidert:

„Tut mir leid, aber du wirst für immer ein Kind Gottes sein, und somit werde ich dich auch weiterhin so bezeichnen."

Ich hasse es, wenn er das erwähnt: ‚Kind Gottes' ... Ich

wurde zwar christlich erzogen, aber dennoch bezweifle ich, dass Gott mich wirklich schätzt. Zumindest sieht es gerade nicht danach aus.

Dieser Ort hier ist nur so friedlich, weil wenige Menschen hier sind. Ich mag Menschen, vor allem, wenn sie still sind. Im Café höre ich sie reden, schwätzen und lästern. Gerüchte über dies und Gerüchte über jenes. Sie reden nur und blicken dich dabei aus der Ferne an. Ob sie das Aussehen beurteilen? Die Flecken bemerken? Meckern, wenn das dunkle Haar ins Gesicht hängt oder gar einfach nicht damit klarkommen, dass auch junge Leute mit anpacken können? Möglich, dass ich es mitbekomme, weniger aber, dass ich darauf eingehe. Es stört nur auf Dauer, mehr nicht.

„Aber gut, dass du das erwähnst! Ich habe etwas für dich."

Vorsichtig holt er ein Kästchen aus seiner Manteltasche und öffnet dies.

„Das ist für dich, mein Kind."

Im Inneren des Holzkästchens liegt eine Kette mit einem Kreuz als Anhänger. *Ist das Silber?* Pater Luis nimmt es vorsichtig heraus und legt es mit Bedacht um meinen Hals. Er zeichnet das Kreuzzeichen auf meine Stirn und spricht mit klaren Worten:

„Möge Gott dich auf deinem Wege begleiten und dich beschützen!"

Ich bin mehr von der Kette berührt, als von seinem kurzen Gebet. Selten habe ich so ein schönes Kreuz gesehen. Die Form, die Zierde, die feine Detailarbeit. Ich schätze dieses Geschenk und traue mich nicht einmal nach dessen Wert zu fragen.

„Du bist mir sehr ans Herz gewachsen. Ich kann es kaum glauben, dass du schon ‚erwachsen' bist. Möge der Herr besonders auf dich Acht geben, selbst wenn deine Hoffnungen zu Boden liegen."

Kaum bemerke ich seine Worte, da fällt mir ein, dass ich mich noch gar nicht bedankt habe. Meine Umarmung überrascht ihn, aber ich merke gleich, wie er sich freut.

Erneut stehe ich vor dem Kirchentor. Tatsächlich regnet es immer noch und ich setze meine Kapuze auf. Mit den Händen in der Hosentasche stapfen die Beine den asphaltierten Hügel hinab. Irgendwann bleibe ich nachdenklich bei einer leuchtenden Straßenlaterne stehen. Einmal drehe ich mich noch um und bestaune den weißen Kirchturm in der Finsternis, zwar wenig, aber dennoch vom Mondschein bestrahlt. Mir ist es egal, ob ich jetzt durchnässt bin oder nicht, dieser Augenblick ist es mir wert. *Schade, dass ich eine der wenigen Personen bin, der die Kirche heute noch etwas bedeutet. Die Jugend hat in diesen Jahren schon aufgegeben an Gott zu glauben. Traurig.* Ich höre einen Wagen durch Pfützen fahren und bemerke hinter mir ein paar Scheinwerfer.

„Überfahr mich doch einfach, du Rowdy!", murmle ich.

Was zum Teufel ist mit mir los? Es ist zwar nur ein Gedanke, aber kurz darauf erschrecke ich selber vor meinen Worten. Sofort bleibt das Auto neben mir stehen. Die Tür wird aufgerissen und eine zarte Person springt hektisch heraus.

„ALEX! Verdammt, wo warst du denn?!"

Mom? Bevor ich noch irgendetwas mitbekomme, fällt sie mir um den Hals. Ohne mich los zu lassen, fragt sie immer wieder nach, ob es mir gut ginge.

„Keine Sorge, ich war bei Pater Luis, er hat auf mich aufgepasst", versuche ich sie zu beruhigen.

„Komm!", sie zieht mich in den Wagen und fährt los. Ich wische meine Tränen ab und zugleich bemerke ich, wie sie besorgt meinen Oberschenkel streichelt.

„Es tut mir leid. Mein Akku war leer und ich wollte einfach nicht nach Hause kommen."

„Ich weiß", gesteht sie, „ist ja nicht das erste Mal."

Dieses enttäuschte Lächeln, sie weiß genau Bescheid. Betrübt sehe ich aus dem Fenster in die Dunkelheit und denke nach, wie ich es ihr am besten sagen sollte.

„Weißt du, Mom…", fange ich an.

„Bitte, Alex. Ich weiß, dass heute ein wichtiger Tag für dich ist. Deswegen habe ich mit dem Kuchen und dem Geschenk zu Hause auf dich gewartet. Da Sebastian aber früher heimkam als du, war ich besorgt. Sag mir einfach das nächste Mal wo du bist, ok?"

Ich nicke. Eigentlich wollte ich noch ein ‚Danke' hinzufügen, aber sie fährt schon fort:

„Ich musste dein Geschenk leider schon wieder verstecken, wegen Sebastian... Aber wir können es gerne morgen Früh abholen!"

Ich atme tief ein:

„Bitte, Mom, ich wünsche mir nicht mehr, als dass du bei mir bist. Bitte lass mich nicht wieder allein zu Hause, nicht mit ihm."

Verzweifelt sieht sie mich an, findet aber keine Worte mehr.

„Nur... Nur noch diesen Sommer, Schatz. Dann ist es vorbei."

Es ist nicht einfacher geworden, seitdem ich die Schule abgeschlossen hatte. Ich kann erst im Herbst von hier abhauen. Früher kann ich nicht gehen, allein schon wegen meiner Mutter und ihrer Arbeit. Mein Job im Kaffee und ihre Putzaufträge schaffen es, uns gerade so über Wasser zu halten. Es funktioniert, aber es ist eine wackelige Angelegenheit. Vor allem wegen unserem Säufer.

„Ok", gebe ich als Antwort, da mir ja auch nichts Besseres in diesem Moment einfällt.

Nach einiger Zeit erreichen wir das Haus, in dem wir schon seit 10 Jahren leben und jedes einzelne Jahr war zu viel. Das Gefühl, beschützt zu sein und sich wohl zu fühlen, ist schon lange verschwunden. Am liebsten würde ich zurück fahren zur Kirche. Dort herrscht, trotz der Kälte, mehr Wärme, als in den Räumen dieser Bruchbude. Wir steigen aus und laufen rasch zur Tür, doch, sobald wir eintreten, hören wir kein gutherziges ‚Hallo', sondern verabscheuende Vorwürfe, besser gesagt, ich.

„Was zum Henker hast du dir dabei gedacht?! Einfach so abzuhauen, ohne ein Wort zu sagen? Man sollte dich anbinden, du…", Sebastian holt zur Ohrfeige aus, doch meine Mutter kommt ihm zuvor.

„Wer glaubst du eigentlich wer du bist?! Lass mein Kind sofort in Ruhe! Du solltest froh sein, dass Alex nichts passiert ist."

Ich bin erstaunt. Selten habe ich Mom so erlebt. Anscheinend ist er genauso überrascht wie ich, lässt sich aber nicht wirklich beeindrucken und holt wieder aus. Dieses Mal reicht es mir und ich trete vor die Nase des riesigen Grobians.

„Lass sie in Ruhe! Sie hat nichts damit zu tun. Ich bin abgehauen, nicht sie!"

Sebastian richtet sich mächtig auf und beginnt das innere Feuer zu entfachen. Mom will wieder eingreifen, aber ich halte sie zurück und nicke. Eine drohende Stimme erklingt:

„Nach oben. In dein Zimmer."

Ohne jegliche Worte gehorche ich und blicke dabei kein einziges Mal zu Mama. Ich kann ihre weinenden Augen nicht mehr sehen, es tut zu sehr weh. Keine Minute vergeht, in der ich nicht bete und warte, dass er endlich kommt. Ich sehe auf den Boden, höre aber wie er hereintritt:

„Ich habe deiner Mutter gesagt, dass wir ein ernstes Wörtchen reden werden."

Innerlich bekomme ich es mit der Angst zu tun und fürchte mich, will dies aber nicht zeigen. Schweigend sitze ich auf meinem Bett und gebe keinerlei Emotionen von mir. Er zieht seinen Gürtel aus und befiehlt mir aufzustehen. Ich weigere mich und bleibe sitzen, dies hilft mir leider herzlich wenig, denn er packt mich wie einen Sack und zieht mich fest an sich. Zu meinem Bedauern hat er die Kette entdeckt und reißt sie mir sogleich herzlos vom Hals. Ohne eine einzige Frage, macht er das Fenster auf, wirft sie hinaus, macht das Fenster wieder zu und wendet sich erneut zu mir, so, als ob nichts gewesen wäre.

„Zieh dich aus", befiehlt er erzürnt.

Ich schweige, ziehe mein Shirt über den Kopf und drehe mich um. *Dieses Arschloch hat es nicht verdient, mich von vorne zu sehen.* Mit einem festen Druck zwingt er mich auf die Knie, genießt dabei förmlich mich zu demütigen.

„Sei froh, dass ich zu deiner Mami etwas lieber bin",
behauptet er lachend.

„Fick dich...", kommt es aus mir heraus und ein kräftiger Schnalzer ertönt. Ich schreie auf, als würde ich
lebend verbrennen. Er schlägt kräftig und ohne
Reue, dann lacht er:

„Heute gibt es die doppelte Packung, da du abgehauen bist. Und noch ein paar dazu, wegen deinem
Schandmaul."

Ich halte mir ein Kissen vor das Gesicht, damit meine
Mutter die Schreie nicht hören muss. Bis jetzt weiß
sie nicht, welche ‚ernsten Worte' wir eigentlich im-
mer besprechen. Die Tür ist ja verschlossen und die
Wände dicht, wie eine Steinmauer. Aber das
Schlimmste von allem ist die Zeit. Es fühlt sich an wie
Stunden, oder sogar wie Tage.

Na toll... Happy Birthday, Alex. Irgendwann höre ich
auf zu beten und verliere das Bewusstsein. *Hoffentlich hat er sich nicht verzählt.*

Kapitel 2: Geschenk

Die Dunkelheit wird langsam von hellem Licht verdrängt und ich werde von den warmen Strahlen der Morgensonne geweckt. Ich blinzle und öffne meine Augen. Während ich aus dem Fenster sehe, wird mir bewusst, dass der Regen aufgehört hatte. *Ich musste schon wieder auf dem Bauch geschlafen haben. Klar, durch die Wunden ist es fast unmöglich, auf dem Rücken zu liegen.* Gähnend suche ich mein Handy unter dem Polster, in der Hoffnung, dass er es mir nicht schon wieder abgenommen hatte. *Himmel sei Dank, es ist noch da!*

09:35 Uhr

"Uff, ich bin noch gut in der Zeit", murmle ich nachdenklich und reibe mir die Augen. Ich will gerade aufstehen, als es an der Tür klopft. *Verdammt!* Ich springe auf, schnappe mir das nächstgelegene Shirt, laufe zur Tür und kann sie noch im letzten Moment zuhalten.

"Alex, ich bin es! Ich wollte dich nur wecken", höre ich meine Mutter besorgt erklären. Vorsichtig öffne ich die Tür und vergewissere mich, ob es wirklich Mom ist, oder ob ich mich doch täusche. Ich sehe sie erleichtert und doch verschlafen an.

"Was ist los mit dir?", fragt sie verwundert, "Ich wollte dir nur sagen, dass ich jetzt losmuss. Wir können dein Geschenk erst am Nachmittag abholen."

Sie sieht mich besorgt an. *Ob sie anfängt zu zweifeln?*

"Ach, ich bin nur verdammt müde. Könntest du mir einen Kakao machen? Ich... ich zieh mich nur noch schnell an!", bitte ich sie gelassen. Sie nickt und steigt die Treppe wieder hinunter. Einmal blickt sie noch zurück und wirft mir einen besorgten Blick zu.

"Alles ok!", rufe ich lächelnd und verschwinde in mein Zimmer. *Herr im Himmel...* Ich lehne mich mit dem Rücken an die Tür, vergrabe mein Gesicht in den Händen und versuche mir die Tränen zu verkneifen.

Irgendwann finde ich etwas Passendes zum Anziehen und begebe mich schnell ins Bad. Kaltes Wasser fließt vom Hahn herunter, dann wasche ich mir damit das Gesicht. Ich kann mich kaum im Spiegel ansehen, so sehr schäme ich mich. So viele Vorwürfe gehen mir durch den Kopf, so viele Sorgen. *Wie lange wird das noch gehen? Tut er meiner Mutter dasselbe an? Nein... Das hätte ich schon längst mitbekommen. Kann ich ihn nicht doch irgendwie loswerden?*

Immer wieder habe ich dieselben Gedanken und nie komme ich zu einer Antwort. Ich schaffe es meine Haare irgendwie zu richten und bemerke, dass sie etwas länger geworden sind. Dunkle Strähnen hängen mir ins Gesicht. Schwarze Strähnen, blaue Augen.

Gedankenverloren schlendere ich in die Küche und versuche wieder ein bisschen in die Realität zurück zu kehren.

"Tisch... dein...Kakao", höre ich Mama sagen.

"Bitte?", wie gesagt: Ich versuche es.

"Auf dem Tisch steht dein Kakao, Schatz."

Ich bedanke mich und setze mich auf den Stuhl daneben.

"Ich muss jetzt los, ich ruf dich später an!", sagt sie und gibt mir einen flüchtigen Kuss auf die Wange.

"Tschau!", rufe ich ihr nach und starre dabei auf meine alte Tasse. Eigentlich will ich keine Zeit verlieren. *Wer weiß schon, wann Sebastian aufwachen wird?* Also trinke ich den heißgeliebten Kakao einigermaßen genussvoll aus und begebe mich zur Haustür. Mit der Tasche und dem Türschlüssel in der Hand verlasse ich das Haus, jedoch fällt mir ein, dass der Vollidiot meine Kette gestern aus dem Fenster geworfen hat und schleiche deshalb zuerst in den Garten. *Sie muss dort liegen!* Die Sonnenstrahlen lassen ein kleines Objekt im Gras reflektieren. Ich hebe den Anhänger auf und knöpfe die dabei hängende Kette zusammen. *Himmel... habe ich eine Wut auf den Typen!* So, wie der angerissen hatte, war es kein Wunder, dass der Verschluss riss. Da das Schmuckstück wieder um meinen Hals liegt, kann ich schleunigst zur Bushaltestelle laufen. Nach einer ewiglangen Fahrt erreiche ich endlich die Stadt und steige, wie gewohnt, bei der Brücke aus. Schnell erreiche ich das Sperling Café und beginne langsam, aber sicher, die üblichen Gedanken aus meinem Kopf zu verbannen. *Ach, hatte ich damals Angst, auch nur ansatzweise irgendetwas in diesem Job falsch zu machen.* Klar, Meike war echt cool und total nett, aber die Gäste sind oft echt unglaublich nervig und launisch. Damals war es noch so eine Zeit, wo ich es jedem recht machen wollte, aber was tut man nicht alles für Geld? Ich lege die Tasche auf eine Kiste im hinteren Bereich des Kaffees und binde mir meine weinrote Schürze um. *Schnell noch den Gürtel und-* in diesem Moment biegt Meike um die Ecke:

"Alex! Da bist du ja! Mensch, danke, dass DU zumindest verlässlich bist. Tobias hat mich schon wieder hängen gelassen!"

"Kein Problem, Tante! Entschuldige mich, aber ich muss los."

Ich komme langsam in die Routine rein und kann mich tatsächlich etwas ablenken. Es ist nicht viel, aber etwas.

Die Zeit vergeht und es ist Mittag. Ich weiß, dass die Bestellungen am Nachmittag immer mehr werden und fange jetzt schon an alles zu ordnen und einen Gang zuzulegen. Ich komme zu einem kleinen Tisch am Zaun und frage einen alten Herrn um seine

Bestellung:

"Entschuldigung. Wollen Sie noch etwas trinken? Oder vielleicht noch einen Kuchen?"

Er sieht betrübt in die Tiefe, beginnt dann aber zu lächeln und bittet mich freundlich:

"Bitte bringen Sie mir noch einen kleinen Kuchen."

"Sehr gerne! Welche Sorte soll ich Ihnen bringen? Wir haben Sachertorte, Käsekuchen, Tiramisu, ...", ich räume das Geschirr auf und blicke dabei immer wieder auf die Stehtische am Zaun.

Als ich einen Jungen bemerke, der mir verdächtig bekannt vorkommt, halte ich den Atem an.

"Kay?", kommt es aus mir heraus.

"Tut mir leid. Ich kenne diese Sorte nicht. Könnte ich ein Tiramisu haben?", fragt der alte Mann verwirrt.

Hoppla. Ich bin ja noch mitten in einem Gespräch.

"Ehm, klar! Gerne!", antworte ich peinlich berührt.

Mit dem gesamten Geschirr laufe ich zur Theke zurück und behalte dabei immer den jungen Mann im Auge. Ich bemerke kaum, dass Meike neben mir steht:

„Alles ok?"

"Jaja", sage ich und hole die Torte aus der Vitrine. Ich schneide gedankenverloren ein Stück heraus und richte weiterhin die Bestellung. Meike sieht mir dabei mit einem schiefen Blick zu, aber sie fragt nicht weiter nach. Ich habe den Teller fertig, stütze mich

mit den Handflächen ab und erkundige mich verzweifelt:

"Wieso ist Kay hier?!"

Schnell versteht sie, warum ich so durch den Wind
bin und lacht:

"Die haben seit neustem früher Mittagspause! Peter
ist überglücklich darüber. Ihr Chef macht ihnen ja
die Hölle heiß."

Ich überdrehe die Augen und begebe mich zurück
zum alten Mann.

"Hier, bitteschön", ich bin immer extra freundlich
und es zahlte sich aus. Der Herr gibt mir Trinkgeld.
Es ist nicht viel, aber wenn man das gesamte Trinkgeld zusammenlegt, kommt eine schöne Summe dabei raus. Ich will gerade zur Theke zurückkehren, als
die Gruppe von Kay mich zu sich winkt. Zögerlich
komme ich zu ihnen.

"Hey... Hat die Werkstatt wieder Pause?", frage ich
verwirrt und bekomme von Peter gleich eine Antwort:

"Ja! Wir mussten nur ein bisschen nerven und dann
bekamen wir endlich unsere wohlverdiente Mittags-
ruhe!"

Er prallt wirklich oft damit, fast schon zu oft. Ich
nehme ihre Bestellungen auf, die eigentlich immer
gleich sind. Als aber Kay anfängt zu bestellen, beginnt meine Hand mit dem Kugelschreiber zu

zittern. Ich werde immer nervöser und beeile mich, um weg zu kommen. Als ich dann endlich fertig bin, hoffe ich nichts vergessen zu haben und bereite die Bestellung zu. Nachdenklich stehe ich bei der alten Kaffeemaschine und verliere mich selbst in den Gedanken. *Hat er was gemerkt? Ach.... Wie denn auch?* Hoffnungslos komme ich zum Platz der Arbeiter zurück. Sie wollen alle gleich bezahlen. Die Typen sind gerade wieder in ihren Gesprächen vertieft, aber als ich mich umdrehen will, hält mich jemand am Oberarm zurück. Erschrocken drehe ich mich um und sehe direkt in dunkle Augen mit leichtem Rotschimmer.

"Hey, kommst du heute noch in die Werkstatt? Würde dir gerne was zeigen, wenn die anderen weg sind."

Mein Herz stoppt kurz nachdem ich Kays Stimme erkenne. Ich antworte mit einem ‚Klar', kann aber nichts mehr hinzufügen. Die Worte sind stecken geblieben. *Weiß der hinterlistige Fuchs eigentlich, wie leicht er mich ausschalten kann?* Er steckt mir noch ein paar Münzen in die Schürzentasche und dreht sich wieder um. Ich hatte eine komplette Herzattacke, weswegen ich mich den ganzen Mittag über wenig bis gar nicht konzentrieren kann. *Was wollte er von mir? Habe ich das letzte Mal etwas vergessen? Wieso „..., wenn die anderen weg sind"? Soll ich ihn dort etwa alleine treffen?! Großer Gott!* Ich schüttele heftig meinen Kopf und versuche die Arbeit nur irgendwie hinzubekommen.

Die Zeit vergeht und irgendwann ist Schichtende. Ich kontrolliere mein Handy die ganze Zeit, um keinen Anruf von Mom zu verpassen, aber das war dann nicht mehr nötig: Jenny, eine Kellnerin von Meike, kommt auf mich zu und erklärt gelassen:
"Du kannst ruhig gehen! Ich und Meike schaffen das schon. Deine Mama wartet eh schon vorne im Auto."
"Danke", rufe ich und lege meine Sachen ab.
Ich beeile mich, um zu meiner Mutter ins Auto zu steigen. Mit einem Kuss auf die Wange begrüße ich sie und hoffe zudem, dass sie endlich wieder Zeit für mich hat. Leider erzählt sie mir herzlich wenig während der Autofahrt, denn es soll ja eine Überraschung sein. Naja, dafür habe ich genug Zeit, um meine Gedanken zu ordnen. *War... war ich wirklich so sehr verstreut wegen Kays Worten? Wieso? Klar, er ist echt nett und cool und loyal und.... gutaussehend... Was denk ich mir bitte nur?! Bin ich jetzt total übergeschnappt?* Die ganze verdammte Fahrt versuche ich ihn aus meinem Kopf zu verbannen, was mir jedoch nicht gelingt. Als Mom endlich einmal stehen bleibt, springe ich wie ein kleines Kind aus dem Wagen und sehe mich neugierig um. Wir stehen auf einem Parkplatz direkt neben einem Wald.

"Komm", meint sie glücklich und streckt mir ihre Hand entgegen.

Fragend starre ich sie an, gebe ihr aber die Hand. Wir gehen in den Wald hinein. Die Sonnenstrahlen glitzern durch die Kronen der Bäume hindurch. *Es ist herrlich!*

"Ich kann mich nicht erinnern, mir einen Spaziergang gewünscht zu haben", lass ich sie spaßeshalber wissen.

Sie kontert direkt:

"Oh doch! Du sagtest »ich wünsche mir mehr Zeit mit meiner Mama«!"

Punkt für sie. Wir wandern eine ganze Weile und reden über Dinge, die wir schon immer mal besprechen wollten. Geschichten und Erinnerungen werden geteilt. Auch, wenn es nur ein Augenblick ist: Wir sind tatsächlich frei. Frei von Sorgen. Und das ist das Einzige, wonach ich mich so lange sehne.

Nach einer Stunde kehren wir dann doch zum Auto zurück.

"Darf ich fahren?", frage ich spontan.

Ich meine, es ist mein Geburtstag und abgesehen davon bin ich schon lange nicht mehr gefahren. Ich bemerke den überlegenden Ausdruck in ihrem Gesicht, aber dennoch erlaubt sie es nicht. *Klar, es ist Sebastians Karre, aber er hätte es eh nie gemerkt...* Ich verstehe zwar nicht, wieso sie mich nicht fahren lässt, aber ich soll die Antwort schon bald bekommen. Schnell wird mir klar, dass sie nicht nach Hause fahren will. Krampfhaft versuche ich mich zu erinnern, wo die Straße hinführt, aber mir fällt es einfach nicht ein. Nach einigen Minuten kommen wir an einer uralten Werbetafel vorbei. *Olli's Motor? Die Werkstatt! Aber was will meine Mutter dort? Ob Sebastian wieder was bestellt hat? Wohl kaum... Nachdem er sich mit dem Chef, Kays Vater, gestritten hatte - oder besser ihn verprügelt hatte - hat er keinen Fuß mehr dort hineingesetzt. Klar, Herr Fuchs hat ihn natürlich angezeigt und ihm Hausverbot erteilt. Obwohl... Wenn ER nicht reindarf, wäre es dann tatsächlich viel logischer, dass meine Mutter alles für ihn besorgt.* Da es nur eine Vermutung ist, frage ich sie zur Sicherheit, was sie dort wolle. Alles, was sie sagt, ist:

„Mein Auto wird repariert, ich muss nur was nachfragen. Dauert nicht lange." Standartsatz.

Wir erreichen tatsächlich die Werkstatt, meine Mutter steigt aus und bittet mich, im Auto zu warten. Es vergehen keine zwei Minuten, da kurbele ich das Fenster hinunter. Einerseits ist es warm und andererseits bin ich derbe neugierig. Plötzlich höre ich meine Mom schreien:

"WAS?! Nein! Das darf nicht wahr sein! Gestern war der doch noch in Ordnung!" Meine Sinne melden sich, ich steige aus dem Wagen, schließe vorsichtig die Tür und schleiche mich zum offenen Garagentor.

Sie befindet sich anscheinend gleich um die Ecke. Schnell bemerke ich, dass sie sich mit Kays Vater unterhält, wobei das Gespräch dadurch viel interessanter wird.

"Oliver? Sag mir bitte nicht, dass das jetzt wahr ist!", sie ist völlig aus der Fassung.

"Leider doch. Die Teile sind völlig hinüber, es wird Monate dauern, bis sie überhaupt geliefert werden können." *Toller Chef. Der heitert echt jeden auf.*

Ich spähe um die Ecke und entdecke Kay, wie er gelassen im Fahrersitz eines glänzenden Fords gesackt ist. Er lässt ein Bein aus der Autotür heraushängen und checkt gerade sein Handy. Die Krise bei meiner Mutter wird immer schlimmer und bevor sie vor Entsetzen umfällt, bittet Oliver ihr einen Stuhl an. Sein Sohn jedoch springt mit einem Grinser aus dem Wagen und erklärte voller Stolz:

"Jetzt ist alles nur mehr halb so schlimm! Ich habe gerade mit einem Bekannten in Schaffertal geschrieben. Er meinte, er könne mir die Ersatzteile in den nächsten zwei Monaten liefern!"

Mom blickt zwar auf, aber vor lauter Staunen weiß sie nicht mehr, was sie sagen soll. *Ich bin echt froh, dass Kay da ist. Er hat immer einen Geistesblitz. Ich hoffe echt, sie bekommen ihr Auto wieder zum Laufen.*

"Jetzt müssen wir nur schauen, dass Alex nichts mitbekommt", gesteht Mom.

WAS?! Ich steige vor Schreck zurück und stoße dabei einen Eimer mit Eisenteilen um. *Wie konnte ich den übersehen?!* Im nächsten Augenblick steht Herr Fuchs direkt vor mir:

"Wer schleicht denn da herum?"

Ich erschrecke erneut und verbleibe wie vereist. Sofort kommen Kay und Mom um die Ecke, gleichermaßen überrascht von meinem Dasein.

"Alex! Ich...ich...", stottert sie mit den Händen im Gesicht.

Kay aber packt mich an den Schultern und sagt beruhigt:

"Gut, dass du da bist! Komm, ich glaube deine Mama will dir was zeigen."

Sanft schiebt er mich in die Richtung des neuen Wagens.

"Tada! Alles Gute zum Geburtstag, Alex."

Mir wird auf einen Schlag warm, das Blut fließt in den Kopf. Mein Körper wird immer steifer und dann beginne ICH zu stottern:

"I-Ist... ist der...f-für mich?"

Langsam drehe ich mich zu Mama um und blicke sie entsetzt an. Sie scheint zu weinen, schreitet zu mir und nimmt mich in den Arm, als hätte sie mich seit Jahren nicht mehr so gesehen. Mir blieb die Spucke weg. *Ich.... Ich habe von meiner eigenen Mutter ein neues Auto bekomme... aber...aber wieso?* Ich brauche eine ganze Weile, bis ich mich wieder sammeln kann, dann schiebe ich sie vorsichtig von mir und frage entsetzt:

"Bist du des Wahnsinns?! Ich meine.... Weißt du eigentlich wie viel der gekostet hat?! Wir sind ohne den Alten sowas von pleite! Ich meine... das ganze Geld! Das- Mom... Nein. Ich kann das nicht annehmen!"

Sie sieht auf und lächelt so unschuldig und beruhigt, als wäre alles ok:

"Genau deswegen will ich ja, dass du ein Auto hast. Damit du jederzeit wegfahren kannst."

Diesmal nehme ich sie in den Arm und lasse ein paar einzelne Tränen fließen. Ein ‚Danke', so stumm und doch hörbar, verlässt meine Lippen. *Trotzdem werde ich sie niemals mit diesem Arsch alleine lassen.*

Kapitel 3: Ruhe

Wir verbringen noch eine ganze Weile bei Olli's Motor, da uns der Chef auf einen Kaffee eingeladen hat. Es ist echt angenehm. Mama und ich haben es auf der Couch sehr gemütlich, Herr Fuchs, der Chef, sitzt im abgenutzten Stuhl daneben und Kay hockt locker auf einem Bürosessel. Tatsächlich ist sonst niemand mehr in der Werkstatt, der uns stören könnte. Die Arbeiter sind alle schon gegangen. Ich zeige Kay meine neue Kette mit dem gerissenen Verschluss und er bietet mir an, sie zu reparieren. Tatsächlich kommt er nach ein paar Minuten zurück und das Silberkettchen sieht wie neu aus. Es wird geredet und gelacht, erzählt und gekichert.

„Ich hoffe, ich hab' die Fotos noch. Nein, warte. Das war ja Kathis Kamera. Die müsste noch welche haben!"

„Von der Wasserschlacht? Ernsthaft?", ungläubig traue ich mich nachzufragen, aber meine Mutter hat tatsächlich den Ausflug ans Meer vor drei Jahren gemeint. Oder waren es zwei Jahre? Noch weniger traue ich meinem Gehör, als Kay Geschichten auspackt, von denen ich nur mehr Bruchteile weiß. *Wann um Himmels Willen bin ich in einem Ziegengehege stecken geblieben?* Seine Behauptungen und Erzählungen bringen unsere Eltern zu lachen. Irgendwie beginne ich selber hier und da zu kichern. Wahrscheinlich deshalb, weil diese Momente genau so passiert sind. Ich werde zwar immer nervös, wenn Kay mich anspricht, aber trotz des Herzrasens in meiner Brust, bleibe ich außergewöhnlich locker. Jedes Mal, wenn ich in seine Augen blicke, fallen mir all die schönen Erinnerungen ein, die wir zusammen in unserer Kindheit gesammelt haben. Wir kennen uns schon seitdem meine Mutter und ich zu Sebastian gezogen sind. Besser gesagt, seit zehn Jahren. Der Fuchs hat mich witzigerweise gleich von Anfang an gemocht, er wollte mich immer in die Gruppe miteinschließen.

„Komm mit, wir spielen ‚Piraten'!", sagte er zu mir, „wir haben einen Schatz versteckt."

Natürlich war er Kapitän Fuchs und ich durfte Matrose Hase sein. Eigentlich lächerlich, wenn man so darüber nachdenkt, aber wir waren ja noch Kinder. Dennoch hielt unsere Freundschaft auch die nächsten Jahre an. Egal, ob in der Stadt, am See, am Meer, bei den Partys und auf Feiern jeglicher Art: Er war immer da. Oft kam es mir so vor, als ob Kay mich beschützen wollte. Er war… er ist wie ein großer Bruder für mich. Ich weiß nicht, was in mir vorging, aber ich habe vor einem Jahr angefangen etwas für ihn zu empfinden. Habe angefangen Abstand zu halten, was mit seinem stressigen Job bei seinem Vater nicht wirklich auffiel. Wir redeten kaum mehr. *Ob er es trotzdem gemerkt hat, dass ich mich zurückgezogen habe?*

Es vergehen Stunden bis einer von uns einen Blick auf die Uhr wagt. Dieser jemand ist natürlich meine Mutter.

"Ach, du Heiliger! Alex! Beeil dich! Wir müssen nach Hause, bevor dein Vater was mitbekommt!", ruft sie und zieht ruckartig ihre Jacke an. Seufzend stehe ich auf und bedanke mich sogleich äußerst freundlich bei Oliver für den Kaffee. Wir verabschieden uns und schließlich klopft mir Kay nochmal sanft auf die Schulter.

"Denk, was du willst", wiederspreche ich seinen Gedanken, "er wird niemals mein ‚Vater' sein."

Den Grinser kann er sich unmöglich verkneifen. Er hat ja keine Ahnung, wie warm mein Herz wird, wenn er mich anlächelt. Auf der Rückfahrt reden meine Mutter und ich erneut über alles Mögliche. Vernünftigerweise beschließen wir, Sebastian nichts vom Auto zu erzählen und versuchen deshalb, eine Ausrede zu erfinden, die hoffentlich idiotensicher ist. Früher oder später erreichen wir sowieso das Haus und begegnen dem grummelnden Sack in der Küche.

"Wo wart ihr?!", schnauft er und stellt sein Bier gereizt am Tisch ab.

"In der Kirche", antworte ich gelassen.

Diese Antwort ist bombensicher. Wenn es einen Menschen gibt, der die Kirche meidet, dann Sebastian. Das Thema ist somit gegessen und er verlässt ohne weitere Fragen den Raum. Plötzlich fliegt mir Mom nochmals um den Hals, küsst mich auf die Stirn und lacht dabei zufrieden. Mein Herz erwärmt sich erneut.

Ich lasse noch schnell ein Gebäck von der Küche mitgehen und schleiche mich rasch auf mein Zimmer. Sicherheitshalber schließe ich die Tür ab und starte meinen etwas älteren Computer. Eigentlich will ich nur den von Meike geschickten Arbeitsplan von nächster Woche checken und so bald wie möglich schlafen gehen. *Mal sehen… Morgen ist Samstag. Ja, ich habe frei. Sie hat mich erst am Montag wieder eingeteilt.* Umgezogen und halbtot lege ich mich in mein Bett. Die Arbeit hat mir heute die ganze Kraft geraubt, aber ich bin noch nie ein Freund von Ausdauer gewesen. Ich schalte das Licht aus und schließe müde die Augen. Gerade als ich mich umdrehen will, beginnt mein Handy zu klingeln. Also: Wieder umdrehen, Augen auf, Licht an und Handydisplay anschauen. ‚Unbekannte Nummer' steht da.
Als ob ich jetzt noch Bock hätte.
Nachdem ich, ohne zu antworten, auflege und mich umdrehen will, ruft der Typ nochmal an.
„Man! Gib doch einen Frieden, Junge!", ich lege

erneut auf und drehe mich genervt um.

Keine 5 Sekunden später klingelt es erneut.

"Jetzt reicht es mir", murmele ich und beschließe dem Vollpfosten meine Meinung zu sagen, mitten in der Woche um 10 Uhr nachts anzurufen. Ich hebe ab, aber was meine Meinung betrifft, ist er schneller und fängt an zu brüllen:

"Wenn du Depp JETZT auflegst, komm ich persönlich vorbei und SCHELLE dir eine! Hast du das kapiert?!?!"

"Kay?!", verwirrt setze ich mich auf, "Was zum Teuf...? Warum rufst du mich jetzt noch an?"

Er wird schnell wieder ruhig und redete gelassen, wie sonst immer:

"Sorry, mein Akku ist tot. Steh grad in 'ner Telefonzelle. Wollte nur wissen, ob du das mit deinem Alten überlebt hast?"

Man, bin ich genervt:

"Ja. Gott sei Dank hat der Typ keine so schlimme Neugierde."

"So wie DU?", ich höre wie Kay anfängt zu lachen.

Mein Gesicht wird wieder rot, bin aber dennoch ermüdet von seinen Witzen. Am liebsten hätte ich auf der Stelle aufgelegt, aber er redet schnell weiter, lässt mir kaum Zeit:

"Sorry, Alex. Ich weiß, dass Seb ein Arsch ist, aber ich hab' das heute echt amüsant gefunden."

Das Schweigen meinerseits hält weiterhin an.

"He, komm schon… Das war echt nicht böse gemeint! Komm! Wie wär's, wenn du morgen mit kommst zum ‚Kellinger-Fest'? Na? Was haltest du davon?"

Dieser plötzliche Vorschlag macht mich unsicher:

"Ich überlege es mir noch…"

"Spitze! Kathi und die Jungs kommen auch! Ich melde mich morgen nochmal. Übrigens… die 2€, die ich dir heute gegeben habe, könntest du sie mir wieder zurückgeben?"

In diesem Moment komme ich mir vom Schicksal verarscht vor.

" Wieso?", frage ich unglaubwürdig.

"Du Vollidiot hast mich vorhin zweimal weggedrückt. Das hat mich jedes Mal 50 Cent gekostet…"

"Hoppla…. Klar, gebe ich dir morgen…"

"Klasse! Dann… Gute Nacht und schlaf gut!"

Ich liebe es, wenn er mir mit seiner dunklen Stimme ins Ohr redet. Jedes Wort klingt so ruhig und warm, aber er weiß rein gar nichts von meinen Gefühlen.

"Gute Nacht."

Verdammt. Es dauerte lange, bis ich mir im Klaren über meine Gefühle war. *Aber jetzt scheint es so einfach zu sein. Es ist Liebe, oder? Kann man es so nennen? Ich bin mir nicht sicher. Lieber würde ich verbrennen, als ihm die Wahrheit zu sagen. Ist es denn wirklich so einfach, wie*

alle behaupten? Es sind doch nur drei kleine Wörter, oder?
Ein kurzer Satz. Ein kurzer Satz, der mich vielleicht vom
inneren Druck befreien kann. Er kann aber auch alles zu
Nichte machen. Alles, was wir aufgebaut haben. Scheiße,
ich hasse es.

Ich werde erneut von den Strahlen der Sonne geweckt. Erstaunt, dass ich schon um 7:00 Uhr morgens wach bin, blicke ich auf die Handyuhr. Ich richte mich auf und sehe zum Fenster, auf dem ein großer, blauer Schmetterling seine wunderschönen Flügel von der Morgensonne aufwärmen lässt. Es ist ein herrlicher Anblick, dieses Geschöpf so nah zu sehen. Ich beneide den kleinen Kerl, denn er kann sich frei bewegen und überall hingehen, wo und wann er nur will. Nach einer Weile stehe ich auf und ziehe mein Shirt aus, um die Kratzer und Flecken im Spiegel zu betrachten.
"Zumindest ist auch mein Rücken blau…", stelle ich fest.
Als ich mich wieder zum Fenster umdrehe, sehe ich, dass der Schmetterling Gesellschaft von einem Artgenossen bekommen hat. Ein zweiter, genauso schöner, Schmetterling sitzt ihm gegenüber. Da weiß ich, es ist Frühling. ‚Pärchen-Zeit'.

Ich schleiche mich unbemerkt aus dem Haus, um einen Spaziergang zu machen. Schlafen kann ich ja

eh nicht mehr und bevor mein Stiefvater aufwacht...
Ne... hab gerade echt andere Probleme. Ich schlendere
den Feldweg entlang und denke über so manches
nach. Am meisten Sorgen macht mir aber das Fest am
Abend. Ich freue mich zwar wiedermal mit Kathi, Jakob und Kay zu feiern, aber ich habe dennoch ein
verdammt ungutes Gefühl dabei. Ich weiß nicht, was
es ist, aber es ist da. Nach einer Weile spaziere ich am
Waldrand entlang und setze mich auf die nächstgelegene Bank. Es ist angenehm warm und der kühle
Wind, der hin und wieder vorbeizieht, macht diesen
Moment noch idyllischer, als er eh schon ist. Einfach
herrlich. Ich höre, wie sich mir schnelle Schritte nä-
hern und wage einen Blick zur Seite. Eine erschöpfte
Joggerin kommt aus dem Wald gelaufen und ver-
langsamt ihr Tempo, als sie in meine Richtung ein-
schlägt.
"Alex? Lange nicht gesehen!", es ist Kathi, meine
gute alte Freundin.
Sie umarmt mich und lässt sich neben mir nieder.
"Du schwitzt aber ganz schön. Wie lange bist du
denn schon unterwegs?", frage ich besorgt und bekomme eine Handfläche als Antwort.
Sie zeigt mir damit, etwas zu warten, da sie erst Luft
holen muss, um reden zu können. Kathi schnauft
ganz schön und ich mache mir langsam ernsthaft
Sorgen um ihren Kreislauf.

"Ich bin schon seit 'ner Stunde am Rennen. Bergauf, bergab, hin und her", gesteht sie, lächelt aber zufrieden. Ich überdrehe die Augen, belasse es aber dabei. Mittlerweile weiß ich ja, wie stur sie sein kann. Kathi ist so ein Typ, der sich auspowern muss, um Stress abzubauen. Vielleicht sind ja wieder mal die Fetzen bei ihr zu Hause geflogen. Wer weiß?

"Kommst du heute mit zum Feiern?", erkundigt sie sich, als hätte sie mich total vergessen zu fragen.

"Ja… Kay holt mich ab", behaupte ich gelassen. Kathi jedoch hebt die Augenbrauen und blickt mich verwundert an.

"Was ist?"

"Ach…nichts", sagt sie unschuldig und dreht ihren Kopf auf die andere Seite.

Sogleich stelle ich sie zur Rede:

"Na hör mal, ich kenne diesen Blick. Du verheimlichst mir doch etwas!"

Ich werde wütend und fordere eine klare Antwort. Kathi wirkt nervös und läuft nach einem "Ich muss weiter, bis heute Abend!" wieder los. Sprachlos bleibe ich zurück und wundere mich regelrecht über diese Aktion. *Was war plötzlich los mit ihr? Und wieso hat sie mir keine Antwort gegeben?* Ich bin mir sicher, dass es um Kay geht und ich noch am Abend aufgeklärt werde. Während ich nach Hause spaziere, zerbreche ich mir regelrecht den Kopf darüber.

Erfolglos.

"Nur Geduld, Alex", rede ich mir selber ein und begebe mich in den Garten des Hauses.

Dort finde ich meine liebliche Mutter an und frage sie, ob ich zum Fest gehen kann. Sie nickt mit dem Kopf und ist sogleich wieder in ihre Arbeit bei den Blumen vertieft.

"Ach, Alex! Sei so gut und komm VOR Mitternacht heim!", betont sie und ich lächle als Antwort.

Ich stapfe ins Badezimmer im oberen Stock und ziehe mich aus, um zu duschen. Ordentlich gefaltet lege ich meine Kleidung auf einen Stuhl und hänge die Kette auf die Lehne. Noch bevor ich in die Kabine steige, tippe ich eine Nachricht in mein Handy ein und schicke es an den Fuchs. Der Inhalt lautet:

„Ich kann heute Abend kommen. Wann holst du mich ab?"

Nach dem Duschen greife ich nach meiner Unterwäsche, werde aber von einem Anruf unterbrochen. Beim Abheben erwarte ich ein warmes ‚Hallo' oder ein ‚Hi' … stattdessen bekomme ich eine hektische Antwort:

"Ich kann dich nicht holen. Fahr mit dem Bus!"

"Hä? Kay? Was? Warte!", frage ich …vergebens.

Was zum …? Ich rubbele meine Haare im Handtuch ab und probiere ihn nochmals anzurufen, aber es ist immer die Mailbox zu hören. Zwar mache ich mir

ernsthaft Sorgen, kann aber auch nichts machen, außer zu warten. *Ich hasse warten.*

Kapitel 4: Sturm

Ich lasse dem Tag keine andere Wahl, als schnell zu vergehen. Mein Bus erreicht die Haltestelle in der Nähe des Kellinger-Anwesens. Es ist ein Gasthaus mit einem großen Teich, umrundet von einem atemberaubenden Garten. Die Familie, die dort lebt, hält es als Tradition, jährlich Feste zu feiern, um ihre Stammkunden zu erhalten und der Jugend was zu bieten. Als ich damals hier ankam, lernte ich die Familie Kelling sehr schnell kennen. Die Söhne haben das Anwesen mittlerweile übernommen und sind, meiner Meinung nach, enorm gut organisiert und überaus freundlich. Unglaublich, wie sie es jedes Jahr aufs Neue schaffen, so etwas auf die Beine zu stellen. Ich komme an das große Tor, um einen Benefit-Preis aus eigener Tasche zu bezahlen und werde von lauter Musik und grüßendem Personal willkommen geheißen. Auf dem Weg ins Gasthaus treffe ich die ersten bekannten Gesichter, jedoch wage ich es nicht, mich länger als zwei Minuten mit derselben Person zu unterhalten. Nach einer halben Ewigkeit voller Langeweile, packt mich eine zarte Hand am Arm und dreht mich sogleich um 180 Grad.

„Kathi!", schreie ich überrascht.

„Hallöchen! Sorry, wegen vorhin. Ich hatte den Kopf voll mit Familienstress", sie hält sich kurz und bündig, ergänzt außerdem mit einem überaus strahlenden Blick, „alles, alles Gute nachträglich! Tut mir leid, ich hab' deinen Geburtstag voll verschwitzt. Komm, ich lad dich ein! Als Geschenk darfst du trinken, was du willst. Heute geht mal alles auf meine Kappe!" Ohne mich auch nur ansatzweise zu Wort kommen zu lassen, zieht die Lady mich mit einem festen Ruck in Richtung des Gasthauses. Quer durch die Gänge gedrängt, kommen wir in den Wintergarten, der zu einer Disco umgebaut wurde. Kathi legt einen Arm um meine Schulter und ich erkenne, dass wir von anderen Jugendlichen umgeben sind. Keine Sekunde später hüpft meine Freundin zum Beat der Melodie und zwingt mich förmlich, mitzusingen. Dankbar für die Song Wahl des DJs, lasse ich mich überreden und schwinge einfach mal so den Körper in der Menge mit. Nach dem Aufwärmprogramm wird es kurz still und der Raum dämmt sich schwarz. Nur die ersten Töne erklingen und der Sänger Ludacris setzt ein. Die Leute jubeln und schreien im Chor:

„Now listen to me, Baby!"

Taio übernimmt bis zum Refrain des Songs. Keine Frage, die Menge kennt jeden Teil von ‚Break your heart'. Beat für Beat. Takt für Takt. Wort für Wort. Jeder von uns singt, tanzt und springt mit dem Becher über dem Kopf. Es fühlt sich so frei an, als gäbe es nur noch diesen einen Moment. Im nächsten Augenblick bringt der Bass den Raum zum Beben. Ein Song nach dem anderen zieht uns in seinen Bann und lässt uns nicht mehr los.

Die kurze Dämmerung mit den Lichteffekten leitet einen leiseren Song ein und wir kommen wieder zur Ruhe.
Diese Gelegenheit nutze ich:
„Wo ist Kay?"
Sie deutet mit einem Finger in die Richtung der Terrasse, woraufhin sie etwas benommen antwortet:
„Hab ihn vorhin dort drüben mit Jessy gesehen... die sind bestimmt im Garten." Sie überdreht die Augen und tanzt erneut zur Melodie. Zuerst nicke ich mit einem „Ok", dann jedoch trifft mich der Blitz:
"Mit Jessy?! Wo?!"
„Dort drüben!", sie packt mich an der Schulter und schnauft sauer, „hör verdammt nochmal auf, mir ins Ohr zu brüllen!"
Daraufhin senkt sie den Kopf und wird blass im Gesicht.
„Wie viel hast du heute getrunken?", frage ich und stütze ihren taumelnden Körper.
„Halt die Klappe..."
Ich brauche keine weitere Antwort und sage sogleich ihrem Freund Jakob Bescheid, damit er sie zur Toilette begleitet.

„Warte, Alex! Ich wollte dir noch was sagen!", ruft sie mir nach, doch ich steuere bereits auf die Terrasse zu.

„Weiß nur nicht mehr, was...", murmelt meine nette Freundin.

Augen überdrehend verlasse ich die Disco und spaziere den Weg von der Terrasse in den Garten hinunter zum Wasser. Ich habe noch keine guten Erfahrungen gemacht und weiß deshalb nicht genau, wie man mit Alkohol umgeht. Diese Sache überlasse ich lieber den erfahrenen Freunden von Kathi. Keine Ahnung wieso, aber ich habe kein gutes Gefühl, was den Fuchs betrifft. Noch während ich die steinerne Stiege hinunter schlendere, höre ich Geflüster und Knutscherei und es widert mich förmlich an.

„Tja, üblich bei Singles", murmele ich und möchte es den frisch verliebten Pärchen trotzdem gönnen.

Vielleicht bin ich ja wirklich einfach nur neidisch. Wer weiß das schon? Ein kühler Windhauch kommt mir entgegen und ich bleibe für einige Minuten stehen, um den Teich und den Garten um mich herum zu genießen. Es laufen immer wieder Personen vorbei, die einen grüßend, die anderen mitten im Lachkrampf. Wie jedes Mal herrscht eine verdammt gute Laune auf der Party und alle haben Spaß. Fast alle. Ich beginne einen kleinen Spaziergang um den Teich und versuche, nach Kay Ausschau zu halten. Immer wieder dringen mir irgendwelche Gedanken in den Kopf, denen ich eigentlich keine Aufmerksamkeit schenken will. *Ob Kay mich nicht mehr leiden kann? Aber wieso sollte er? Ich meine, er hatte mich gestern noch angerufen und mich dazu gedrängt, heute zu kommen. Und dieser Anruf von heute Morgen? Alles komisch.* Total abwesend starre ich ins Wasser unter dem Steg und vergesse meine Umgebung. Kaum höre ich die Musik von der Disco, geschweige denn die Gespräche der Gäste. Total müde verleite ich mich im Stehen einzuschlafen. Doch, plötzlich borgt jemand Größeres meinen kleineren Körper als Ständer aus und stützt, frech wie er ist, seinen Ellbogen an meiner Schulter ab.

„Hey", grüßt eine dunkle Stimme von der Seite und ich starre erneut in diese berühmten dunklen Augen mit leichtem Rotschimmer. Kein einziges Wort verlässt meinem Mund, und so drehe ich meinen Kopf emotionslos auf die andere Seite. Kay hört schließlich auf, sein komplettes Gewicht auf mich zu lagern und stellt sich mit den Händen in der Hosentasche neben mich:

„Was ist denn los?"

„Das könnt ich dich fragen", schnaufe ich und schaue ihn zugleich fragend an.

Er überdreht die Augen:

„Ernsthaft? Bist du jetzt wegen des Anrufs so

genervt? War die Busfahrt echt so schlimm?"

Da ich keine Antwort finden kann, drehe ich mich erneut um und verschränke diesmal die Arme, wie ein kleines Kind.

„Ach, komm schon, Alex! Ok, es tut mir leid, dass es so stressig wurde, aber Jessy hatte einige Probleme und… naja… da ist halt so einiges über den Haufen gegangen."

Mehr wütend als genervt drehe ich mich ruckartig um und schnaufe ihn an:

"Deine Probleme sind mir herzlich egal! Trotzdem hättest du mich ja liebevoll bitten und nicht herumkommandieren können! Ich bin ja schließlich nicht dein Hund, ok?!"

Ich senkte den Kopf, spüre, wie das Blut in den Keller wandert. *Wieso zum Teufel bin ich ihn gerade so angefahren?* Erneut schaue ich ihn an:

„Es tut mir leid, ok? Ich glaub, ich habe zu viel getrunken."

Mir wird schwindelig und ich fange an zu taumeln.

Ohne Aufforderung packt Kay mich unter meinem Arm und gibt mir Halt:

„He, schon gut. Vergessen wir den Scheiß."

Keine Ahnung wieso, aber mein Gleichgewichtssinn kehrt langsam zurück und die eigenen Vorwürfe ebenfalls. Jedoch kommt nicht mehr, als nur ein „Sorry" heraus.

„Schon gut."

Dann fängt er an, mich zu fragen wie es mir und meiner Mom ginge und ob Seb schon pleite sei. Sebastian betrieb damals eine Firma, die zum Scheitern verurteilt wurde. Der zweite Chef und er verblieben mit Schulden, dank Fehler der eigenen Verwaltung. Sie konnten nichts mehr retten, außer seine Sucht nach Alkohol. Die hat es anscheinend überlebt.

„Noch nicht", antworte ich, jedoch ist mir schnell klar, dass dieser Small-Talk nur ein Zeitvertreib für Kay sein soll. Er sieht sich permanent um und checkt sein Handy, oft reagiert er nicht einmal auf meine Fragen.

„Ok, auf wen wartest du?", frage ich schließlich. Der Fuchs blickt erneut auf sein zerkratztes Handydisplay und murmelt:

„Jessy", dann blickt er nochmal um sich, " du hast sie nicht zufällig gesehen?"

Wiederholt verdrehe ich die Augen:

„Nope."

Kay wirkt etwas ungeduldig und nervös, also holt er seine Zigarettenpackung heraus und will gerade eine rauchen. Jedes Mal, wenn er damit anfängt, ohne mich zu fragen, ob es mich störe, ist dieses Gefühl von Ignoranz in der Luft. Aber am meisten nervt es mich, dass er die ganze Zeit von dieser Jessy redet. Klar, vielleicht bilde ich mir das ja nur ein, ich meine, sie hatte ja erst vor Kurzem ihren Freund verlassen. *Laut vertraulichen Quellen muss sie jetzt eine neue Woh-nung finden. Ob Kay ihr hilft und deswegen solchen Stress hat? Uff...*

„Komm schon, lass das", fordere ich ihn auf und nehme ihn das giftige Teil aus der Hand.

„Pfff"

Der Fuchs grinst und hat schon die nächste Zigarette zwischen den Fingern.

„Schatz, wir haben darüber geredet. Heute hattest du schon eine!", ich zucke zusammen, ebenso wie Kay, als Jessica Barker plötzlich hinter seinem Rücken auf-taucht und ihm mit einer schnellen Handbewegung die Packung entreißt.

„Komm schon!", bettelt der junge Mann und ver-sucht sie mit einem charmanten Blick zu überreden.

Ein entschlossenes ‚Nein' kommt von ihr und sie flüstert ihm etwas ganz leise ins Ohr. Daraufhin greift er der jungen Frau um die Hüfte und ihre Lip-pen berühren sich. *Was zum...!?* Da auf mich voll-kommen vergessen wird, bleibe ich mit der unbe-nutzten Zigarette in der Hand und offenem Mund stehen. Ich bin einfach nur geschockt, jedoch finde ich keine Worte, da mein Herz in diesem Moment von einem Pfahl durchbohrt wird und ich mich in-nerlich, wie zersprengt und zerstört fühle. Das Blut verlässt mein Gesicht und der eigene Körper wirkt wie erfroren. Es fühlt sich sogar an, als hätte mich jemand an Ort und Stelle erschossen. Mit einer Flinte wurden mir Kugeln durch den Brustkorb gejagt. Erst da wird mir klar, welche Gefühle ich eigentlich für ihn empfinde, wie sehr es mich trifft und wie groß mein Hass in diesem Moment ist. Diese Frau zerstört mich mit ihrer bloßen Existenz, mit ihren Bewegungen und dem feinen Grinsen unter den klimpernden Wimpern. Ich bin kurz davor sie zu erwürgen, entscheide mich jedoch vorher zu verschwinden und kehre ihnen den Rücken zu. Mein Körper scheint leer zu sein, meine Bewegungen steif und ungenau, jedoch schaffe ich es irgendwie zur Stiege zurückzukehren. *Wieso zum verdammten Teufel ist er mit Jessy zusammen? Sie ist erst seit kurzem hier und noch dazu- Argh! Wieso? Wieso!? Gott... ich habe Angst, er wird mich sicher wieder vergessen, wie damals als er mit der einen zusammen war.... Großer GOTT! Kay wird mich vergessen, ich weiß es, verdammt!* Mein Verstand fängt an verrückt zu spielen und mein Hass wird immer stärker. *Wieso zum Henker ist das gerade passiert?!* Tränen laufen über meine kalten Wangen, mein Gesicht vergräbt sich schämend in den Händen, meine Atmung wird hastiger und das Gleichgewicht schwindet erneut. Zitternd versuche ich Halt zu finden, und lehne mich gegen einen Baum. Irgendwo am anderen Ende. Ich schniefe und schluchze, probiere teils meine Tränen abzuwischen, aber ich kann einfach nicht aufhören zu heulen. Am liebsten würde ich verschwinden, mich vergraben, oder alles zusammenschlagen, so viel Hass bricht aus mir heraus. *Bin ich wirklich so sehr am Boden zerstört? Habe ich endgültig den Verstand verloren?*

Nach einigen stillen Minuten beruhigt sich mein Puls und ich beginne wieder normal zu atmen. Ich habe kaum mitbekommen, dass ich im Grass sitze und noch immer an dem Baum lehne. Mein Blick starrt in die endlose Leere des Sternenhimmels und mein Körper fühlt sich so schwer an, dass ich gar nicht erst versuche, aufzustehen. Es ist so leise, dass man denkt, die Welt stünde still. Da ertönt eine helle Stimme aus der Ferne:
"ALEX! Verdammt! Wo steckst du?!"
Muss ich aufstehen? Ich streike, aber dennoch soll Kathi nichts von meinem Blackout von gerade eben erfahren. *Kein Grund mir Vorwürfe zu machen, nur weil ich getrunken habe.* Wiederwillig raffe ich mich irgendwie auf und hoffe zugleich, dass meine Augen nicht mehr so rot, wie vorher sind. Weiters schlendere ich die Treppe hinauf und stoße unvermeidlich in meine Freundin hinein, die mich wie immer ,liebevoll' am Arm packt und mir ins gesunde Ohr brüllt:
„Wo zum Teufel warst du? Ich habe mir Sorgen

gemacht!"

„Ja, Mutti", murmele ich in nur halber Anwesenheit.

„Ach, und ICH soll diejenige sein, die zu viel getrunken hat, oder was?", und hier sind die besagten Vorwürfe. *Himmel, ist die vielleicht zornig.* Mit gesenktem Kopf lege ich eine bedrückte Miene auf. Kathi atmet tief ein und aus, wird sogar mit der Stimme etwas sanfter:

„Hör mal, die Nacht ist ja noch jung und wir ebenso! Übrigens... ich weiß wieder was ich dir sagen wollte! Ich hätte es dir schon heute Morgen erzählen sollen, also.... Kay und Jessica... sie sind...", ich will wirklich nicht unhöflich wirken, jedoch wende ich mich mitten in ihrem Satz ab und gehe verachtend an ihr vorbei.

„Hei! Warte!", so schnell kann ich gar nicht schauen, da packt sie mich erneut am selben Arm, wie vorhin, „ich war noch nicht fertig!"

„Ich aber...", schnauft meine Stimme und ich reiße mich los.

Eine unangenehme Stille macht sich zwischen uns breit und meine Freundin schaut plötzlich besorgt und getroffen zugleich:

„Du weißt es schon?"

Ich blicke noch immer auf die Seite, auf den Boden:

„Sie hatten sich unten am Teich vor meinen Augen geküsst, ohne mir vorher etwas zu sagen."

Ich kann meinen Satz kaum beenden, da fällt sie mir um den Hals und drückt mich:

„Es tut mir so leid, Alex."

Sie löst sich etwas, schaut mir in die Augen und fährt fort:

„Kay sagte, er wollte es dir nicht erzählen, da du sonst wieder so gekränkt wärst wie damals. Deswegen sollte ich es dir sagen."

„Warte! Gekränkt? Damals?! Ihm ist das aufgefallen?", ich kann nicht anders, als sie halbverstört anzusehen.

„Ja doch! Mensch… er kennt dich ja mittlerweile und weiß, wie du tickst."

„Wieso zum Teufel ist er dann mit dieser Jessica zusammen?!", ich vergesse wieder alle um mich herum und werde erneut egoistisch. Kathi hingegen bleibt ernst und holt mich zurück auf den Boden der Tatsachen:

„Weil er NICHTS von deinen Gefühlen weiß! Er ist nur ein normaler Mensch, der keine Gedanken lesen kann. Verdammt. Er will ja auch nur frei sein."

Dieser eine Satz lässt mich erstarren. Mein Körper wirkt wieder leer und ich finde einfach keine Worte. Ich habe das Gefühl, dass es besser wäre zu gehen, ich gehe einfach und lasse sie stehen.

„Alex?"

Einmal blicke ich noch zurück:

„Danke, Kathi, für alles heute. Aber... ich glaube, ich gehe jetzt besser, bevor mir Seb wieder die Hölle heiß macht."

Langsam, aber entschlossen, schreite ich Richtung Ausgang, ohne auch nur irgendjemanden anzusehen. Mein Körper fühlt sich noch immer wie gelähmt an und mein Kopf leer. Ich verlasse das Anwesen, jedoch nicht mit dem Hintergedanken, nach Hause zu gehen.

Ich blicke auf mein Handy, aber niemand hat mich bis jetzt angerufen. Mir bleiben noch gute zwei Stunden, bis ich nach Hause muss, also beschließe ich einen ruhigen Ort aufzusuchen, um meinen Verstand wiederherzustellen. Kühler Wind begleitet mich auf meinem Spaziergang und nach einigen, endlosen Minuten erreiche ich eine altbekannte Kreuzung.

„10 Minuten noch, dann sollte ich da sein", rede ich mir selber ein und setze meinen Spaziergang fort. Die Straßen sind ruhig, der Ort wie ausgestorben. Überall finster, jedoch leuchten die Laternen und das Scheinwerferlicht der Kirche. So vertraut, wie der Platz auch ist, bin ich mir unsicher. *Ob die Türen offen sind?* Fehlanzeige... Ich hätte damit rechnen sollen, dass der Pfarrer die Kirche schon verschlossen hatte. *Mist...* Ich bleibe also vor dem Gotteshaus unter dem Vordach sitzen und lehne mich an die großen Tore.

Bin ich vielleicht froh, dass gerade jetzt niemand da ist. Ich fühle mich so leicht, so müde… Nach einer Weile öffne ich verträumt die Augen. Mein Handy vibrierte unangenehm in der Hosentasche, sodass ich sofort wach wurde. 7 verpasste Anrufe, 3 SMS, alle von Mama. *Scheiße. Ich bin tot…* In der ersten SMS fragt sie:

„Wo bist du, Alex?"

Die zweite:

"Melde dich bitte bei mir!"

Dritte:

„Komm vor Mitternacht heim, oder es passiert was!" Nervosität übernimmt mich, jedoch traue ich mich auch gerade deshalb, nicht zu antworten. Ausgeruht und mit klarem Kopf stehe ich auf und eile nach Hause, denn die Uhr zeigt bereits 23:45 Uhr an. *Wenn ich mich beeile bin ich um fünf nach Mitternacht daheim.* Ich beschließe ein Stück zu laufen, um Zeit zu gewinnen, jedoch geht mir ziemlich schnell die Puste aus. Glücklicherweise komme ich – genau wie berechnet - zu Hause an, versuche jedoch, so leise wie möglich zu bleiben, dass mich der Oger nicht hört. Ich ziehe gerade meine Schuhe aus, als eine tiefe Stimme hinter mir ertönt:

„Wo zum Teufel bist du gewesen?!"

Bleich und mit kaltem Rücken drehe ich mich um:

"K… Kirche. Ich ging nach der Party noch zur

Kirche."

„Pff", schnauft Seb und packt mich mit enormer Kraft am Oberarm, „du kommst mit mir mit, Kind! Ich hatte dir ja gesagt, du solltest um Mitternacht zu Hause sein!"

Ich versuche mich zu befreien,

„Meine Mutter hat mir das gesagt, du hast mir einen Scheiß befohlen!"

Der Riese brüllt erbost und wirft mich gegen den Schrank im Flur, seine Hand umklammert weiterhin meinen Oberarm:

„Was hast du gesagt, du…?!"

„Ach komm, halt die Fresse!", schießt es aus mir heraus. Ich habe keine Ahnung, wieso ich so lebensmüde bin, aber vielleicht macht mir es gerade eben nichts aus, da er etwas taumelt und selber schauen muss, dass er sein Gelichgewicht beibehält.

„Hast du wieder zu viel getrunken?", frage ich amüsiert und wehre mich schon nicht einmal mehr, da er sowieso schwach zu sein scheint. Sebastian fängt an zu murmeln und versucht erneut stehen zu bleiben. Ich bin, im Gegensatz zu ihm, nüchtern und somit im klaren Vorteil, bis mich ein Geistesblitz trifft.

„Warte…", mir fällt auf, dass Mamas Schuhe weg sind und nur die Hausschuhe am Boden stehen,

„Wo ist meine Mutter?"

Zu meiner Überraschung fängt er an zu grinsen, „die

hat ihr Auto geholt und ist dich suchen gefahren…"

Was …?! Ich komme kaum zu Wort, schon packt er mich und schleppt mich die Stiege hinauf. Mit aller Kraft versuche ich mich zu wehren und rufe immer und immer wieder:

„Wo ist meine Mutter?! Wo ist sie?! Lass mich! Du krankes …!"

Mein Zorn entfacht, jedoch ist er viel zu stark und zerrt mich gegen meinen Willen in den oberen Stock. *Ich bekomme keinen Halt. Nein. Das kann nicht wahr sein! Wie soll ich gegen ihn…* Noch während er mich beim Badezimmer vorbei schleppt, bemerke ich, dass meine Kette noch immer am Sessel hängt. Ich erstarre und werde erneut bleich im Gesicht. *Das ist mein Ende…* Sebastian wirft mich im Zimmer gegen mein Bett und macht seinen Gürtel auf. Alles, was danach noch geschieht, bekomme ich nur in Bruchteilen mit, doch schon am nächsten Morgen wird es wieder hell im Zimmer.

Krampfhaft öffne ich die Augen, versuche meine Sicht scharf zu stellen. *Ich bin wohl am Boden eingeschlafen… Es fühlt sich alles so steif an. Es tut alles weh.* Mit Mühe stütze ich mich vom Grund ab, um aufzustehen. Mein Gleichgewicht lässt zu wünschen übrig, und so taumle ich ins Bad, wo mich der Spiegel erwartet. Mein Körper ist übersät von blauen Flecken und mein Rücken hat neue Wunden dazu bekommen. *Arschloch...* Sogar beim Zähneputzen und Waschen muss ich mich abstützen, um stehen zu bleiben. Ich beschließe, mich so schnell wie möglich anzuziehen und zu verschwinden. Als ich jedoch bei der Haustüre stehen bleibe, sehe ich, dass Moms Schuhe noch immer nicht da sind. Mir wird so unwohl dabei. *Wo um Himmels Willen ist sie? Wieso ist sie noch nicht zurück? Oder ist sie schon wieder weg?* Ich starre auf die Hausschuhe, bis mein Blick zum knarrenden Türstock fällt, an dem sich mein Stiefvater lehnt. Er schlürft an seinem Kaffee und sieht mich mit einem stechenden und müden Blick an, der mir Ungutes verheißen soll. Seine Augen werden immer schärfer, also überlege ich nicht weiter und verlasse das Haus mit schnellen Schritten. *Wenn ich geblieben wäre, wäre ich tot. Der Typ hasst mich mehr, als jede andere Person.* Am Himmel ziehen sich graue Wolken zusammen und ohne stehen zu bleiben, oder zurück zu blicken, laufe ich zur Bushaltestelle. Natürlich hatte ich keine Lust im Regen zu stehen und hoffe bei meiner Tante Schutz zu finden. Zwar muss ich nicht arbeiten, kann aber trotzdem mit ihr über meine Mutter reden. Vielleicht hat sie sie ja gesehen. Ich versuche die ganze Busfahrt über meine Mom zu erreichen, aber sie hebt einfach nicht ab. *Ich habe ein verdammt schlechtes Gefühl dabei.* Wie üblich steige ich bei der Haltestelle an der Brücke aus und auf meinem

Fußweg zum Café beginnt es tatsächlich zu regnen. Der Reisverschluss meiner Jacke lässt sich nicht schließen und so versuche ich zumindest meine Kapuze aufzusetzen, jedoch rieseln die Tropfen von allen Seiten gegen mein Gesicht. Als ich ein zweites Mal versuche, die Jacke zuzumachen, fällt mir ein, dass ich die Kette erneut am Stuhl vergessen hatte. *ARGH, Verdammt! Das gibt's doch nicht!* Ich renne so schnell wie möglich zum Café, um Unterschlupf beim Vordach zu finden. Nach einer kleinen Verschnaufpause will ich eintreten, aber das Lokal ist verschlossen und ein rotes „GESCHLOSSEN" Schild baumelt vor meiner Nase. Ich spähe durch das Glas in den Raum hinter der Theke. Ein Licht brennt und ich klopfte gegen die Türscheibe. Jenny, meine Kollegin, erscheint im Schein und erkennt mich sofort. Mit besorgtem Blick eilt sie zur Tür und öffnete diese mit den Worten:

„Grüß dich. Meike ist hinten."

Ihr unwohler Unterton macht mir Sorgen und so lege ich meine Hand auf ihre Schulter:

„Hey, was ist los? Wieso habt ihr zu?"

Stille. Ich schreite gezielt in den Hinter-Bereich, um Meike zur Rede zu stellen, jedoch habe ich nicht damit gerechnet, dass sie weinend auf einer Kiste hockt und ihr Gesicht verbirgt.

„Tantchen, was ist los?", frage ich und greife nach

ihren Händen. Sie schluchzt und bekommt nur Bruchteile von einem Satz heraus:

„Mia…sie… sie hat-te einen Unfall… le-… letzte Nacht…"'

Meine Augen reißen auf und die Stimme verstummt. Sie weint weiter, wagte es nicht einmal mich anzublicken.

„Meike…", flüstert Jenny und bringt ihr ein Taschentuch herbei. Unkontrolliert hacke ich nach:

„Was? Wo ist sie? Lebt sie?!"

Meine Fragen häufen sich, aber Meike muss sich erst einmal selber beruhigen. Nach einer Weile fährt sie fort:

„Deine Mutter hatte einen Autounfall letzte Nacht. Sie liegt im Koma und die Ärzte wissen nicht, ob sie es überleben wird."

Meine Tante bricht mitten drinnen ab und schluchzt erneut. Der Schock sitzt zu tief. So wie bei mir. *Nein. Das… ist doch ein Scherz, oder? Meine Mama… Meine Mama? Mama!* Meike fängt an mich ganz fest an sich zu drücken und ich beginne selber zu weinen. *NEIN! Scheiße! Gott …. Ich schwöre dir…. VERARSCH MICH NICHT! Das ist ein Albtraum… lass mich doch endlich aufwachen… Bitte.* Jegliche Kontrolle über meinen Verstand geht verloren, ich habe so viel Leere in mir, da ich es einfach nicht fassen kann.

„Wo ist sie jetzt?", frage ich unter Tränen, und blicke

dabei zu Jenny. Sie sieht mich bedrückt an:

„Der Anrufer vorhin, also ein Ermittler des Unfalls, hat gemeint, dass sie im Krankenhaus in Morau liegt."

„Das ist doch 20 Minuten von hier entfernt", bemerke ich und schnappe mir sogleich die Autoschlüssel von der Pinnwand. Zusammen helfen wir meiner Tante auf und ich erkläre ihr entschlossen:

„Komm! Wir fahren jetzt hin. Ich will sie sehen."

Ohne noch ein Wort zu sagen, packe ich Meike vorsichtig an der Hand und gehe zum Auto vor dem Haus. Sie bedankt sich noch bei Jenny und bittet sie, nach Hause zu gehen. Es schüttet, wie aus Eimern und trotzdem fahre ich mit dem Auto Richtung Schnellstraße. Meine Entschlossenheit lässt mich engstirnig agieren, sodass ich an nichts anderes mehr denken kann, als an meine Mutter. *Nein... so darf sie mich nicht verlassen. Bitte, Mom. Halte durch!*

Nach einer schier endlosen Autofahrt erreichen wir endlich das Krankenhaus. Meine Jacke bedeckt Meikes Schultern, aber trotzdem kommen wir beide durchnässt an der Rezeption an. Sie erkundigte sich mit zittriger Stimme, wo ihre Schwester liegt.

„2. Stock, Zimmer 320? Ok, Dankeschön!", ihre Stimme wirkt immer leiser und schließlich verstummt sie gänzlich. Eilig steuern wir in Richtung Lift und fahren nach oben. Es ist unangenehm still, jedoch weiß ich selber nicht, was ich sagen soll. *Mom...* Wir verlangsamen unsere Schritte, bis wir schlussendlich vor der Zimmertüre zu stehen kommen. Meine Hand zögert zuerst, schafft es aber dennoch an der Türe zu klopfen und diese dann zu öffnen. Mit Meike an der Hand betrete ich das Krankenzimmer und blicken zu meiner Mutter im Bett. Eine Beatmungsmaske bedeckt die Hälfte ihres Gesichts, ihre Arme sind mit Schläuchen verbunden. Ein Anblick, der mir einen erneuten Schock verpasst. Ich erstarre gänzlich, noch während ich sie da so liegen sehe. Meine Tante wirkt gleich geschockt, jedoch hat sie den Mut zu ihr hinzugehen und sie anzusprechen:

„Mia? Hei, Schwesterherz. Ich bin's..."

Keinerlei Reaktion. Nach ihren Worten, setzt sie sich behutsam auf das Bett und ich mich auf den danebenstehenden Stuhl. Mir fehlen die Worte und selbst wenn ich welche hätte, würde es kein einziges aus meinem trockenen Hals schaffen. Also sitzen wir da, in dieser vertrauten Stille. Das einzige, was zu hören ist, sind die Regentropfen, die gegen die Fensterscheibe prasseln und das Surren der Geräte. Minuten vergehen, ohne, dass einer von uns nur ein Wort spricht. Aus dem Nichts falle ich vor und schluchze:

„Es tut mir leid, verdammt! Es ist meine Schuld!

Hätte ich mich bloß bei dir gemeldet... Es tut mir leid."

Kapitel 5: Stille

-Vier Tage später-

Meine Mutter liegt noch immer im Koma und bis dato blieb ihr Zustand unverändert kritisch. Meike hat erst gestern wieder ihr Café geöffnet. Einerseits versucht sie sich abzulenken, andererseits möchte sie nicht, dass die Bewohner aus der Stadt anfangen zu reden. Hier in Kieferberg fällt es auf, wenn ein Geschäft oder Lokal länger geschlossen bleibt. Man merkt jedoch, dass sie vor den Leuten die ‚Alles-ist-gut'-Maske aufsetzt und sich ihre Gedanken hinter der Theke nur um Mia drehen. Meine Tante hatte ihre Eltern schon sehr früh verloren und das einzige, das ihr blieb, war ihre geliebte Schwester. Ich habe nie nachfragen wollen, was genau vor meiner Geburt passiert ist. Man soll ja alte Wunden nicht aufreißen. Nachdenklich lehne ich mich mit dem Oberkörper gegen den Fensterrahmen in meinem Zimmer und betrachte sehnlich den Horizont, als würden sich dort weite Flammen über die Landschaft erstrecken. Eine komische Vorstellung, gewiss. Von unten kann man den Fernseher hören, so laut, dass man jedes Wort der Komiker versteht. Mausetot, so waren die Reaktionen meines Stiefvaters, als er über den Vorfall informiert wurde. Nachdem ich vom

Krankenhaus heimkam, sahen wir uns mit leeren Blicken und stillen Worten an. Seitdem keine Konversation und keine Strafen. Wenn in ihm ein Körnchen Liebe gesteckt hätte, wäre er zu ihr gefahren, hätte sich erkundigt oder Sorgen gemacht, aber dieser Fettsack sitzt nur vor der Glotze und raucht sich die Lunge voll. Nie habe ich verstanden warum meine Mutter sich in so einen Typen verliebt hat. Unerwartet fällt die Haustüre mit einem Knall ins Schloss. *Wenn man vom Teufel spricht. Anscheinend hat er das Haus verlassen, wie schön... endlich Stille.* Wortlos gehe ich zum Bettrand und lasse mich zu Boden nieder. Erneut spüre ich dieses vertraute Gefühl von Leere. Meistens kommt es, wenn man sich gerade erst ausgeheult hat. Der Kopf fühlt sich schwer an, der Blick unscharf und die Gedanken schwarz, wie ein Loch, als wüsste man nichts mehr. Keine Worte, keine Bewegungen, als säße ich wieder unter dem Baum beim Anwesen. Das Läuten der Türklingel ertönt und ich blicke ruckartig zur Zimmertür. *Hat der Depp seine Schlüssel vergessen?* Mit Mühe schaffe ich es mich aufzuraffen und schlendere durch den Raum. Noch während ich bei der Badezimmertür vorbeikomme, bemerke ich die Silberkette glänzend am Sessel baumeln. Schnell nütze ich die Gelegenheit und greife nach ihr, um sie mir um den Hals zu hängen. *Hoffentlich bietet sie mir wirklich etwas Schutz.* Schwere

Schritte treten die Stiege herab und mit hängenden Schultern sperre ich die Haustüre auf. Noch im selben Moment fällt es mir ein: *Ohne die Schlüssel hätte Seb die Türe nicht zusperren können, beziehungsweise kann er sie selber öffnen… Warum klingelt er also? Oder, ist es doch wer anderes?* Langsam und angespannt öffne ich die Türe und blicke misstrauisch in die glänzende Brille eines mir fremden Mannes. Mit Anzug und einem Aktenkoffer fest im Griff schaut er zu Boden.

„Was wollen Sie?", frage ich stutzig.

Er hebt sein feines Kinn und schaut mich mit grünen, überraschten Augen durch die Gläser an.

„Alex Weiss, richtig?", fragt er, "deine Mutter hat mich kontaktiert."

Schnaufende Worte verlassen meinen trockenen Mund:

„Netter Scherz. Sie liegt seit fünf Tagen im Koma. Auf Wiedersehen!"

Gerade will ich die Türe schließen, da tritt er mit dem Fuß in den Spalt:

"Warte! Es geht um deinen Vater."

Ich werde ungeduldig und etwas rau. Am liebsten würde ich ihm die Türe vor der Nase zuknallen, aber er lässt nicht locker:

„Mia hat mich vor ein paar Wochen angerufen und mit mir reden wollen. Heute wäre unser nächster

Termin gewesen, jedoch habe ich sie bis jetzt nicht erreichen können."

Trotz meines eifrigen Nachdenkens, kann ich mich nicht erinnern, dass Mom mir von so einem ‚Steuerfuzzi' erzählt hätte. Mir bleibt nichts anderes übrig, als zu seufzen und die Türe erneut zu öffnen.

„Eintritt auf eigene Gefahr", warne ich ihn und deute mit einer eleganten Handbewegung, dass er hereinkommen darf.

„Danke!", spricht er erleichtert. Vieles saust mir durch den Kopf, während ich die Tassen mit Kaffee und zwei Gläser mit Wasser in der Küche vorbereite. Aber diese ernste und doch so besorgte Ausstrahlung von ihm macht mich selber ganz unsicher und nervös. Ich stelle das Tablett auf den Wohnzimmertisch hin, biete ihm einen Platz am Sofa an und fordere ihn auf, mich aufzuklären. Der Gedanke, dass mich dieser Mann auf den Arm nimmt, mich veräppelt, bleibt im Hinterkopf. Trotzdem gebe ich ihm eine Chance.

„Mein Name ist Stefano Rottenmann", beginnt der Herr und greift zur Kaffeetasse, „deine Mutter hat mich vor zwei Wochen kontaktiert."

„Wieso?", unterbreche ich.

„Sie hatte einen Brief erhalten, von deinem leiblichen Vater… und da sie mich schon länger kennt, hat sie mich um Hilfe gebeten. Aber nicht als Freund, sondern als Anwalt."

„Wieso sagen Sie nicht gleich, dass Sie Anwalt sind?"

„Ich dachte du hättest es bereits gewusst", er ist genauso verblüfft wie ich, „aber anscheinend hat dir deine Mutter noch nichts davon erzählt."

„Kein Wort", ergänze ich und wende mich vom Fenster zum Sofastuhl. Betrübt setze ich mich hin und er fährt fort:

"Dann ist es nun meine Aufgabe dich aufzuklären."

„Ich bitte Sie drum'."

Er blickt vertieft in die volle Tasse, redet nicht lange rum:

„Mia hat mir erzählt, dass dein Vater vor zehn Jahren verschwunden sei und nicht mehr aufgetaucht wäre. Er hinterließ ihr einen Brief, sonst nichts. Jetzt nach all der Zeit habe er sich durch Nachrichten per Post gemeldet."

„Er lebt noch?", mein Gesicht verliert erneut die Farbe, das kann ich spüren.

„Ja, deine Mutter glaubte nie, dass er tot sei und so war es auch."

Die ganze Zeit habe ich ein komisches Gefühl, als ob es nicht nur um meinen Vater gehen würde, sondern auch um etwas Größeres.

„Deine Mutter hätte es dir schon lange sagen sollen, aber es war zu gefährlich."

Wütend und verwundert wende ich mich zu ihm:

„Wieso?! Es ist mein Vater, verdammt!"

Trotz allem bleibt Mamas Anwalt ruhig und erklärt mir mit ernsten Worten:

„Der Inhalt der Nachricht ist wichtig, Alex. Dein Vater hat damals eine Botschaft hinterlassen, die ein großes Erbe versprach, wenn er nach zehn Jahren nicht wiederkäme. Mit dieser Post, die deine Mutter erhielt, machte er das Erbe gültig."

„Ein Erbe? Welches Erbe?"

„Er versprach seinen Nachkommen 800.000€."

WAS ZUM-?!

Die Zeit bleibt stehen, ich erfriere bei seinen Worten und bekomme wegen meines Erstarrens kaum Luft. Das ist unfassbar.

„W-Warum? Nein... Was... Das kann nicht sein. Das ist ein schlechter Scherz. Ein Aprilscherz!"

Wortlos schüttelt er den Kopf. Seine Miene bleibt ernst. Es hätte heute auch zu gut gepasst.

„Was- was wäre, wenn mir etwas passieren würde? Ich meine, ich bin sein einziges Kind!"

„Dann bekäme deine Mutter das Geld, aber ..., wenn ihr etwas passiert..."

Ich kann mich kaum vom ersten Schreck erholen, da folgt auch schon der nächste.

„Was ist dann?!"

Kurze Pause, dann sagt er mit schweren Worten:

„Da dein Vater mit Sebastian Kohlbauer zusammen

die Firma leitete, mit der er das Geld eingenommen hatte, erhält er das Erbe."

„WAS?!", schreie ich so laut, dass mir der Hals brennt.

„Aber die Firma ging pleite wegen ihm! Er hat NICHTS mehr Sinnvolles beigetragen!"
Des Anwalts Ruhe fängt an zu schwanken:
„Er half bei der Entstehung mit, er war der zweite Gründer, Alex. Schau... dein Vater hat sonst keine Verwandten... nur dich und deine Mutter."
Ich selber gerate ins Schwanken und muss mich setzen. Mein Kopf, mein Körper und vor allem mein Verstand. Es ist alles viel zu viel auf einmal.

Minuten vergehen und ich kann es noch immer nicht fassen. *Zehn verdammte Jahre hat er sich nicht gemeldet und jetzt das? Gott...* Herr Rottenmann hat mir erklärt, dass er den Zeitpunkt abgepasst hätte, als mein Stiefvater das Haus verließ, um mit mir zu reden. Da er jedoch jede Sekunde wieder hier sein kann, schlägt er vor, mich in den kommenden Tagen anzurufen. Nachdem wir die Telefonnummern ausgetauscht haben, verschwindet er auch schon wieder und ich habe kaum die Möglichkeit noch Fragen zu stellen. Vieles geht mir durch den Kopf und ich muss mich auf der Treppe niederlassen, um etwas nachzudenken.

Es ist keine fünf Minuten ruhig, da vibriert auch schon mein Handy.

„Alex, verdammt! Wo bist du?! Hast du heute nicht Schicht? Will mit dir über Samstag reden. Triff mich in der Werkstatt, bin bis 18:00 Uhr dort", Absender: Kay. Seufzend stecke ich das Gerät weg, ohne der SMS zu antworten. Mich zieht es innerlich noch immer zusammen, wenn mir dieses Arschloch in den Sinn kommt.

Das Schloss der Haustüre sperrt auf und der alte Sack tritt herein. Amüsiert sehe ich ihm zu, wie er herumtaumelt und vor sich hin flucht. Mehrmals läuft er den Flur auf und ab. *Ob er mich registriert hat?*

„Was suchst du?"

Mit genervter Mine und undeutlichen Handbewegungen nuschelte er:

„Die scheiß Handtasche deiner Mutter. Da soll ihr Papierkram drinnen sein…"

Ich hebe eine Augenbraue:

„Hinter dir am Schrank."

Er dreht sich um und packt Mamas weinrote Ledertasche, die nur so von Kleinteilen raschelt. *Soll ich ihn auf seinen Zustand aufmerksam machen? Der Typ kann kaum laufen, so blau, wie der ist…*

„Hey…", murmele ich deutlich, „glaubst du wirklich, dass du noch zum Krankenhaus findest?"

Mit großen Augen dreht er sich ruckartig um und

greift nach der Bierflasche im Regal. Glücklicherweise kann ich mich rechtzeitig ducken, spüre aber,
wie der Luftzug mein Haar streift und das Glas an
der Wand hinter mir zerspringt. Die letzten Tropfen
und Splitter prasseln auf mir ab und gleich darauf
fliegt auch schon die Haustüre. *Definitiv nicht mein
Tag.* Erneut kehre ich in mein Zimmer zurück, ohne
den Scherbenhaufen im Treppenhaus aufzuräumen.
Es ist nicht das erste Mal, dass ein Bierglas nach mir
fliegt. In solchen Momenten hoffe ich einfach nur,
dass der Typ an seiner versagenden Alkoholiker-Le-
ber verreckt. *Möge der Herr mir für meine Gedanken verzeihen.*

-10 Tage später-

Widerwillig bewege ich mich auf den Tisch Nummer 4 zu. Die Schritte werden schwerer und kurz vor
dem Platz bleibe ich stehen. Mein Mund wirkt trocken, meine Augen starr. Ein Strang umwickelt die
Brust.
„Was darf's sein?", erkundige ich mich betonungs-
los. Die Konversation zwischen den zwei Männern
stoppt und sie wenden sich zu mir. Er blickt mich
überrascht an, mustert mich von Kopf bis Fuß und
grinst daraufhin amüsiert:
„Ach, Alex! Wo warst' denn? Hab dich seit der Feier
nicht mehr gesehen!", seine Worte klingen so

begeistert, als sei ich ein ganzes Jahr in Amerika gewesen.

„Ich...", beginnt mein Mund zu reden, „musste nach Hause. Stress mit Sebastian."

Der Fuchs nickt verständlich. Sein Kollege lächelt, weiß jedoch nicht genau, was er machen soll und verliert seine Augen wieder in die Menükarte.

„Bring uns bitte zwei Verlängerte und einen Kuchen mit Sahne."

Mein Tonfall klingt fälschlich erfreut:

„Welche Sorte?"

Wie üblich glänzen seine dunklen Augen mich an und seine weichen Worte machen die Situation nicht gerade leichter für mich:

„Überrasch mich."

Der Kugelschreiber klickt und ich stolziere zurück zur Theke.

„Überrasch mich", murmele ich immer und immer wieder, während ich die Bestellung richte. Meine Gedanken sind ein einziges wirbelndes Gewirr, ich kann sie kaum noch ordnen. *Verdammt...* Mein Griff in die Glasvitrine erwischt einen Früchtekuchen. Das Tablett ist fertig bestückt, es fehlt nur noch die Sahne. Doch selbst als ich versuche den Hebel der Kanne zu drücken, hallt der Satz dauernd in meinem Kopf wider:

„Überrasch mich. Überrasch mich. Überrasch mich.

Überrasch mich…"

Ich drücke fester am Griff, er lässt einfach nicht locker.

„Alex, du-"

PFSCHHHH!

Die Sprühflasche geht los und der Satz meiner Tante bricht ab. So groß, wie der Druck ist, verteilt er den weißen Schlag am ganzen Teller und selbst mein Gesicht hat Tupfer abbekommen. Meike hat mein Gewirr gestoppt, muss sich jedoch, dank dieser Situation, das Lachen verkneifen. Die Kanne wird mit festem Schlag auf dem Tresen abgestellt und mit einem frustrierenden Seufzer stemme ich mich auf meine Handflächen ab.

„Hör zu", fährt Tantchen fort, während sie mit einem Geschirrtuch mein Gesicht abwischt.

„Ich bin dir wirklich dankbar für deine Hilfe, aber ich glaube, du hast zu früh angefangen mit dem Arbeiten. Das ist noch zu viel für dich."

Zuerst zögere ich, spreche jedoch klar meine Gedanken aus:

„Ich werde wahnsinnig, wenn ich nur zu Hause bleibe. Sebastian macht mir die Hölle heiß und ohne Mom…" Mit besorgtem Ausdruck legt sie mir eine Hand auf die Schulter.

„Mach eine Pause", schmunzelt sie, nimmt das fertige Tablett, entfernt die überflüssige Sahne und geht zum Tisch Nummer 4. Kurz darauf gehe ich in den Hinterraum. Dort ist es still, ruhig und es gibt einen Holztisch, auf dem ich mich niederlassen kann. Mit dem Rücken an die raue Mauer gelehnt, schließe ich meine Augen, um ein Nickerchen zu machen. Nur ein kurzes. Schon zwei Wochen liegt meine Mom im Koma und nichts hat sich seit jeher getan. In diesen Tagen habe ich kaum ein Auge zu gemacht, der Schlaf ist mir fremd geworden.

Als ich wieder aufwache, liegt Tantchens Hand auf meinem Oberschenkel, die andere hält mir eine Glas Wasser hin. Mein Hals ist trocken und die kühle Flüssigkeit tut mir mehr als gut. Mit einem Lächeln geht sie auch schon wieder. Der Blick sinkt zum Glas in meiner Hand, das Wasser fesselt irgendwie. So ruhig. Eine große Gestallt betritt den Raum, jedoch ignoriere ich sie, bis sie mich schlussendlich anspricht:
„He, alles ok?"
Ich blicke auf, die Stimme hat es mir jedoch schon verraten: Es ist Kay.
„Wo ist der andere?", frage ich.
„Schon gegangen", kommt zurück.
Seine Hand kommt aus der Hosentasche und stützt sich am Tisch ab, dann setzt er sich auf den Rand und wendet sich wieder zu mir. Sein Blick ist besorgter als sonst:
„Ich weiß, dass es dir nicht gut geht."

„Sebastian…", schnauze ich.

„Nein", behauptet er, „Diesmal nicht. Da ist etwas anderes."

Ein kurzer Blick in seine Augen, dann wieder zum Wasserglas.

„Meine Mama hatte einen Autounfall. Sie liegt seit 15 Tagen im Koma. Kein Mensch weiß, wann oder ob sie wieder aufwachen wird."

Er richtet sich auf, wirkt jedoch nicht überrascht, zumindest nicht so, wie ich es erhofft hatte. Keine Reaktion von ihm. Ich werde wütend, bis er mich endlich wieder anspricht:

„Ich hab' davon erfahren, aber ich wollte es von dir hören. Den Gerüchten hier sollte man kein Vertrauen schenken."

„Gerüchte? Wer hat – „

„Alex. Hier im Ort kennt man sich. Sowas spricht sich herum."

Ich vergaß. Hier fällt es auf, wenn eine Person fehlt, vor allem, wenn es jemand, wie meine Mutter ist. Betrübt schaue ich wieder ins Glas, jedoch bleibt es nicht lange still:

„Warum hast du mich nicht angerufen?"

Er klingt nicht vorwurfsvoll, eher besorgt. Ich schüttele den Kopf:

„Es tut mir leid, aber … ich konnte nicht… Ich konnte dich nicht anrufen. Ich-", unbewusst stottert meine

Stimme, „I-Ich h-hatte Angst…, weil…"

Nein. Ich will es ihm nicht sagen. Ich will kein kleines Kind sein! Wieso schmolle ich schon wieder?

„Alex…?", er wartet noch immer auf eine Antwort. Ein Biss auf die Unterlippe und kurz darauf laufen die ersten Tränen über die Wangen. Der Druck macht mir zu schaffen.

„Se… Sebastian… Ich habe mich nicht getraut. E-Er ist u-unberechenbar. Wenn er trinkt, dann… und du… Du und Jessy…"

Nein. Ich will nicht mehr reden. Ohne einen Mucks richtet er sich auf, springt vom Tisch und stellt sich vor mich hin. Ich würde es ihm verdanken, wenn er gehen würde, aber er bleibt. Seine Hände greifen nach meinen angewinkelten Beinen und ziehen meinen Körper an den Tischrand. Noch bevor ich etwas sagen kann, konfrontiert er mich:

„Bist du wegen ihr abgehauen? Ist es das?"

Meine Finger verkrampfen sich noch mehr um das Glas, jetzt bekomme ich keinen einzigen Ton mehr heraus. Nun sitze ich da: Den Kopf gesenkt, schweigend und ihm ausgeliefert. Mein Blick verrät ihm, dass er ins Schwarze getroffen hat. Kay bemerkt das zitternde Glas, nimmt es mir aus den Händen und stellt es weg. Wortlos zieht er mich an sich. Seine Hände umklammern meinen Körper, es ist so, als ob er mich nicht verletzten, aber auch nicht loslassen möchte. Eine einfache Umarmung. Je länger wir so verharren, umso ruhiger wird mein Herzschlag. Ein warmer Hauch huscht an meinem Ohr vorbei, gefolgt von einem Flüstern: „Dummerchen."

Erst dann verschwindet die Anspannung meines Körpers und ich erwidere seine Geste. Diese warme Position, dieser besondere Moment der Ruhe. Es soll genau so bleiben, doch nach einer Weile lösen wir uns wieder. Ich weiß nicht, was ich sagen soll, sein Blick wendet sich einfach nicht von mir ab.

„Nur weil ich eine Freundin habe, bist du mir nicht weniger wichtig."

„Tut mir leid. I-Ich hatte einfach Angst."

Mein Scharm umhüllt mich, er bleibt trotzdem stur: „Vor was?"

„Dass du mich wieder allein lässt, verdammt", ich starre nach unten.

Seine Hände packen meine Schultern, ein kurzer Rüttler und ich blicke in sein Gesicht. Man hat das Gefühl, dass er mich aufwecken wollte:

„Ich lass dich nicht allein. Niemals."

Mit jedem Wort lockere ich mich, schöpfe Hoffnung aus einem einfachen Satz:

„Ich bin für dich da."

Nochmal eine kurze Umarmung, die ich diesmal einleite, danach zwinge ich mich zu einem Lächeln. Ein Grinsen und dann verlässt er den Raum. Tatsächlich geht es mir den restlichen Tag etwas besser, jedoch bin ich noch immer nicht mit der Situation von Kays Beziehung wohlgesonnen. *Ach, wie sehr ich es hasse, neidisch zu sein.*

Die Tage vergehen, der Alltag kehrt zurück, Sebastian trinkt weiter und ich besuche regelmäßig meine Mutter im Krankenhaus. Die Ärzte sagen, dass ihr Zustand stabil sei, jedoch will sie einfach nicht aufwachen. Verständlich. Das eigene Zuhause ist zur Hölle geworden, ein Geldbetrag taucht auf, der uns gehören sollte, aber nicht mal ansatzweise greifbar ist und noch dazu ist das eigene Kind dazu verdammt, mit einem Rüppel unter demselben Dach zu leben. Aber genau deswegen will ich ja, dass sie wieder aufwacht.

„Bitte, Mama. Lass mich nicht alleine."

Mein Körper sitzt gekrümmt auf einem Stuhl neben ihrem Bett. Ihre Hand in die meine eingehüllt, lasse ich den Kopf fallen, seufze. Es tut gut, neben ihr zu sein, zu reden und auch mal zu weinen. Das Gefühl, dass sie mich trotzdem hört, bleibt. Stunden später und nicht einmal hatte ich das Bedürfnis zu gehen. Ich bleibe, bis mich die Krankenschwester rauswirft. Dennoch bitte ich noch um eine letzte Minute. Die gereizte Dame überdreht die Augen und verlässt das Zimmer. Als die Tür ins Schloss fällt, drehe ich mich wieder zum Bett. Das Gesicht zu meiner Mutter gewendet sage ich nach dem Kreuzzeichen unser kleines Gebet auf:

„Vater, Herr im Himmel, steh uns bei in unseren schlimmsten Tagen, in unseren schlimmsten Nächten, in unseren schlimmsten Momenten. Bleib bei uns, halte uns fern vom Bösen, sei da, halte uns wach. Amen."

Seit dem Unfall ist es tatsächlich ruhiger geworden Zuhause. Sebastian trinkt sich förmlich ins Koma. Herrlich. Man kommt heim und es ist still im Haus, nur der Fernseher läuft, sonst nichts. Hier und da besuche ich die Kirche und spreche mit Pfarrer Luis. Ich stelle Fragen, auf die ich Antworten suche.

-Sonntag-

Es ist kühl, der gleiche Platz, wie an dem Tag, an dem ich diesen Traum hatte.
"Sie hielten eine sehr bewegende Predigt", beginne ich.
Der Pater schmunzelt und setzt sich neben mich auf die Holzbank.
„Dankeschön. Hat es sich doch gelohnt, die Nacht wach zu bleiben."
Ich staune:
„Sie waren die ganze Nacht wach?"
„Nicht die ganze, aber durchaus einige Stunden."

Ich bin ihm dankbar, dass er gleich weiterredet:

„Jahrelang halte ich hier schon die Messen, aber die Predigt ist immer eine Herausforderung. Man muss immer über das Neueste informiert sein, die Leute positiv stimmen, Gott in den Text einbauen und soll dennoch nicht immer dasselbe sagen."

Er gestikuliert mit der rechten Hand und so wie er seinen Kopf hebt, senkt er ihn auch wieder. Irgendwann behält er diesen auch unten:

„Es ist nicht immer leicht, genau das zu sagen, auszudrücken, was man empfindet. Noch schwerer ist es, den Leuten die Gefühle zu übermitteln, die man selber hat."

„Man hat Angst, dass sie es falsch verstehen könnten", ergänze ich, ebenfalls mit gesenktem Kopf.

Kurze Stille beiderseits, keiner sagt ein Wort. Ich spüre wieder diesen Druck in der Brust, einen Drang nach Luft, nach Worten:

„Ist es eine Sünde, wenn man neidisch ist?"

Meine Frage kommt überstürzt, das kann man ihm zumindest ansehen. Pater Luis wendet seine Augen gleich wieder ab, als ob er selber nicht genau wissen würde, was die Antwort darauf sei.

„Nein", gesteht er nach kurzem Überlegen, „eigentlich nicht. Neid würde ich nicht sofort als eine Sünde bezeichnen. Die Folgen daraus sind sündhaft. Stehlen zum Beispiel."

Mein Körper löst sich von der Anspannung und ich atme auf. Langsam lasse ich mich wieder in die Banklehne fallen. Er wendet seinen Blick wieder zu mir, sieht mich an und spricht diese warmen Worte der Besorgtheit:

„Was liegt auf deinem Herzen, Kind?"

Ich habe Angst. Keine Ahnung warum.

„Ich liebe jemanden, aber-„

Aber was? Was will ich sagen? Wieso ist der Satz einfach so abgebrochen? Er sieht mich noch immer erwartungsvoll an, als ob er darauf bestehen würde, dass ich weiterrede. Nach kurzem Nachdenken fährt es in mich:

„Diese Person hat mich schon so oft unterstützt, so viel für mich getan, aber ich hatte nie eine geringste Chance auf dieselbe Augenhöhe zu gelangen. Auch wenn ich dieser Person sagen würde, was ich empfinde, würde sie es nicht verstehen. Braucht sie auch nicht, da sie bereits glücklich ist. Mit jemand anderem. Ich weiß selber, dass es falsch ist, neidisch auf dieses Glück zu sein, aber ich kann diese Gefühle nicht verdrängen. Ich habe Angst, dass... diese Person es falsch versteht."

Punkt. Mehr sage ich nicht. Das war eine Beichte, das ist mir klar, aber was er jetzt sagen würde, bleibt mir rätselhaft.

„Du bist noch sehr jung", beginnt er, „Ich glaube, du

denkst einfach zu viel."

Wahre Worte. In meinem Kopf herrscht reines Chaos. Ich kann kaum etwas ordnen. Pater Luis fährt fort:

„Hm… Ich glaube, du solltest das ganze einmal ruhen lassen. Warte ab. Das Gewitter wird sich schon legen."

Ein aufmunterndes Lächeln entgegnet mich, wie das eines Opas. *Ich verhalte mich wirklich wie ein Kind, aber wieso auch? Ich soll für Kay da sein, so wie er für mich.* Beruhigt schmunzle ich, dann schaue ich auf:

„Sie haben Recht. Jedoch habe ich eine letzte Frage…"

Kurze Pause, dann sehe ich ihn mit einem Lächeln an. Ich muss es loswerden:

„Ist Liebe eine Sünde?"

Die Ratlosigkeit ist ihm ins Gesicht geschrieben. Er möchte etwas sagen, öffnete den Mund, doch es kommt nichts heraus.

„Grüß Gottchen! Entschuldigen Sie die Störung", ächzt eine helle Stimme neben uns. Eine ältere Dame hat uns unterbrochen und fragt beschämt, wo sie hier Kerzen kaufen kann. Das Gespräch wurde somit beendet und ich verabschiede mich vom Herrn Pfarrer. So ein seltener Besuch in der Kirche, da ist jede Sekunde wertvoll. Selbst das verstehe ich noch. Nachdem ich in das Weiwasserbecken greife, mir ein

Kreuz auf Stirn, Mund und Brust zeichne, verlasse ich das Gotteshaus.

Kapitel 6: Aufruhr

Wenn Sebastian mal wieder aus dem Haus ist, rufe ich den Anwalt an. Stefano und Mama haben schon geahnt, dass irgendwann etwas passieren wird. Dass sie in eine Sackgasse kommen und einen Plan B brauchen werden.

„Sie wollte es dir sagen. Glaub mir, sie hätte es auch, wenn der Unfall nicht gewesen wäre."

Seine Stimme am Telefon kann beruhigend wirken, jedoch bringt mir dieses Gerede vom Vergangenen nichts.

„Ich nehme es ihr nicht übel. Meine Mutter hat nichts falsch gemacht. Aber jetzt muss ich wissen, wie es weiter geht. Was wäre euer nächster Schritt gewesen?"

„Wir hatten keinen."

Ich springe auf, gehe im Zimmer hin und her: „Was?"

„Wir steckten. Deine Mutter hatte ja einen Brief von deinem Vater erhalten, aber danach war nichts mehr von ihm zu hören."

„Haben Sie Kontakt zu ihm herstellen können? Wissen Sie wo er ist?", mein Drang nach Antworten zeigt sich gierig. Seine Stimme bleibt jedoch ruhig:

„Das ist nicht relevant. Das sagte deine Mutter auch."

„Wo ist er?", schnell bemerke ich die zornige Ton-
lage, halte mich dennoch nicht zurück.

Stefano lässt mich kurz warten, dann fragt er:

„Selbst, wenn du ihn finden würdest, was willst du
ihn fragen?"

*Was ich ihn fragen will? Vielleicht wo er die verdammten
Jahre über war? Wo er seinen Arsch hin verfrachtet hat,
wo ihn doch meine Mutter am meisten brauchte?* Mein
Körper bleibt stehen, an einer Stelle vor dem Fenster.
Draußen regnet es, der Himmel ist dunkel geworden
und mein Bild spiegelt sich durch das Deckenlicht.
Der eigene Blick mustert die zerzausten Haare, den
alten Pullover und die Kette um den Hals. Die Stille
macht mich unsicher, also unterbreche ich sie:

„Was stand im letzten Brief? Der von meinem Vater."

Man kann Blätter im Hintergrund rascheln hören, als
würde der Anwalt in irgendeiner Mappe wühlen:

„Ein Dokument. Er hat etwas von einem Dokument
gesagt, aber ich suche den Brief noch."

„Was für ein Dokument?"

Er wühlt weiter:

„Ein Dokument, das das Erbe für euch sichern sollte.
Aber ich finde den Brief leider nicht. Deine Mutter
müsste ihn bei euch zu Hause versteckt haben."

Ich wandere wieder auf und ab:

„Hm. Ich könnte ihn suchen, aber ich weiß nicht, wie
er aussieht. Welchen Absender hat er benutzt?"

Das Wühlen im Hintergrund stoppt:

„Immer andere. Er wollte versteckt bleiben."

Wie bescheuert und raffiniert zugleich.

„Na toll. Wie die Nadel im Heuhaufen, oder was?",
ich gehe genervt in das Büro meiner Mutter.

Sie teilt es sich mit Sebastian, aber wann hat der Trottel das letzte Mal hier gearbeitet? Stefano wirkt etwas
optimistischer als ich:

„Ich glaube, dass der Brief nicht einmal mehr zu finden ist. Deine Mutter hat sich gut überlegt, wie sie
die Hinweise von Sebastian fernhalten könnte. Du
solltest eher nach etwas anderem Ausschau halten."

„Und was?"

„Dem Notfallplan", erklärt der Anwalt, „deine Mutter hat einen Umschlag für dich vorbereitet. Ich
glaube, dass es jetzt der richtige Zeitpunkt wäre, um
ihn zu öffnen. Darin solltest du genügend Informationen finden, um an das Erbe zu gelangen. Der Umschlag hat einen Sticker auf einer Seite, einen Marienkäfer."

Mehrmals schaue ich mich im Raum um, schweife
mit dem Blick über die Regale und Papierstapel am
Boden. Dann frage ich mich selbst, wo zum Teufel
ich zuerst suchen soll.

„Danke, ich werde mal anfangen, das Haus hier auf
den Kopf zu stellen. Ich ruf' Sie so in 'nem Jahrzehnt
zurück."

„Pass bitte auf, Alex!", er klingt wie Mom, „Sebastian darf nichts davon mitbekommen."

Lachend über diese Aussage antworte ich:

„So blöd bin ich nicht! Danke für Ihre Hilfe. Ich melde mich."

„Bis dann."

Aufgelegt. *Wie soll ich das Teil nur finden? Naja. Zumindest war meine Mom auf alles vorbereitet, sollte der Haussegen schief hängen.*

Die Stunden vergehen, die Tage ebenso. Nach dem vierten, beschließe ich den Rest des Hauses in Ruhe zu lassen und nochmal das Büro zu durchstöbern. Die Boxen stehen am Boden verteilt, die Kästen sind geöffnet und in meinem Schoß liegen Briefe. *Glück ist mehr oder weniger wie russisches Roulette.* Als ich den letzten Briefumschlag untersuche, höre ich kurz, wie die Türe unten ins Schloss fällt. Sebastian ist wieder zu Hause, noch schlimmer, er ruft meinen Namen.

„Was?", antworte ich laut.

Er bleibt ruhig, was ganz Neues, unheimlich:

„Komm her."

Mit einem Seufzen stehe ich auf, gehe zur Treppe, beuge meinen Oberkörper über das Geländer und schaue ihn an:

„Ja?"

„Die Polizei hat heute den Wagen vom Unfall frei

gegeben. Die Tasche hier war noch im Kofferraum. Räum sie bitte aus."

Ich steige die Stufen herab, noch immer verdutzt von dem Wort ,Bitte' aus seinem Mund, und nehme die blaue Sporttasche entgegen.

„Wurde auch Zeit", murmle ich.

Die Vollidioten vom Amt haben das gesamte Wrack untersuchen lassen. Jedoch hat das nicht nur ewig lang gedauert, sondern es hat sich auch herzlich wenig gebracht. Bis jetzt zumindest. Eilig verschwinde ich nach oben und beginne die Tasche im Badezimmer auszuräumen. Handtücher, Sportschuhe, Kleidung, … doch etwas ist anders. In einem der Handtücher knittert etwas. Es ist ein Umschlag darin eingewickelt. Ein Umschlag mit einem Sticker.

„Ein Marienkäfer", flüstere ich fast tonlos, während ich das Ding in meinen Händen halte. *Endlich!* Sofort stürze ich zur Tür, um sie zu verschließen. Daraufhin lasse ich mich, mit dem Rücken anlehnend, zu Boden. Wie erstarrt öffne ich den zugeklebten Umschlag und nehme den Zettel heraus. Ich zittere, es ist Mamas Handschrift:

Hallo mein Schatz!

Ich hatte gehofft, dass du diesen Brief niemals lesen musst. Jedoch wird es seinen Grund haben, dass du ihn jetzt in deinen Händen hast. Es tut mir leid, aber mach dir bitte keine Sorgen. Alles wird gut!

Ich konnte dir leider nie etwas von deinem Vater erzählen, da ich selber kaum etwas wusste. Er verschwand einfach von heute auf morgen und das Einzige, was er zurückließ, war ein Brief. Nicht mehr. Alex, du musst es nicht verstehen, aber dennoch war es so, dass Sebastian deinen Vater sehr gut kannte. Er war der einzige, der mich damals verstand. Sebastian hat mir zur Seite gestanden, mir geholfen. Ich war alleine. Glaub mir bitte, hätte ich damals gewusst, wie er heute sein wird, dann wäre ich ebenfalls mit dir weggegangen. Es tut mir leid, dass ich dir das angetan habe. Ich weiß, dass er dich schlägt und ich würde mein Leben dafür geben, dass er dich auf ewig in Ruhe lässt.

Der einzige Grund, warum wir noch hiergeblieben sind, war dein Vater. Ich habe jährlich einen Brief von ihm erhalten. Er wusste noch immer die Adresse und unter einem anderen Absender konnte er mir die Briefe schicken, ohne, dass Sebastian Verdacht schöpfen konnte. Der letzte Brief kam vor ein paar Wochen an. Ich habe gewusst, dass es sein letzter sein würde. Er gab mir Informationen, mit denen ich gegen Sebastian vorgehen könnte, oder das Missglück deren Firma erklären und richtigstellen könnte. Aber das Wichtigste waren die letzten Zeilen: Dein Vater hat ein Erbe für uns zwei hinterlassen. Das Einzige, was wir bräuchten, wäre sein Formular. Es soll sich irgendwo in Kieferberg befinden, nur weiß ich nicht wo. Alex, sobald wir dieses Formular haben, verschwinden wir. Um sicher zu gehen, dass Sebastian ja NICHTS davon mitbekommt, habe ich alle Briefe von deinem Vater verbrannt. Es war zu gefährlich, sie aufzubehalten. Ich hatte gehofft, dass es nur noch diesen Sommer dauert, dann wären wir auf ewig weg gewesen.

Alex, mein Schatz, sobald du das doofe Ding hast, verschwinde von hier! Bitte.

Am Ende des letzten Briefs hat dein Vater einen Hinweis hinterlassen:

„Ich habe mit Gott darüber gesprochen. Er wird euch beschützen, er wird mir vergeben."

Viel Glück, Alex!
Ich liebe dich.
Mom

Meine Mutter war naiv genug, um diesen Brief zu schreiben, aber sie hatte die Intelligenz jeden anderen zu verbrennen und ein cleveres Versteck zu finden. Ihre Worte, jedoch, lassen mich vor Aufwühlung in einer Starre verweilen. Meine Hände verkrampfen sich, mein Leib zittert, die Stimme verstummt und die Tränen tropfen vom Kinn. Im nächsten Moment verzieht sich mein Mund, wie bei einem heulenden Kind.

„Mama", bringe ich stockend über meine Lippen, „Lass mich nicht alleine."

Ein weiterer Sprung im Herz, es beginnt zu bröckeln.

-Vier Tage später-

Den Zettel habe ich nun wo anders versteckt. Mein Steifvater hat von all dem nichts mitbekommen, er wurde eher ruhiger. Seine Aura ist nicht mehr feindselig, er richtet sich nicht mehr so bedrohlich auf, wenn ich neben ihm stehe. Meine Anwesenheit ist ihm gleichgültig geworden, keine Strafen, keine Schreierei, aber dennoch habe ich Angst. *Wie lange wird diese ruhige Phase anhalten? Was ist, wenn Mom nie wieder aufwacht? Was passiert, wenn sie von uns geht? Nein. Ich darf nicht so denken.*

„Alles wird gut", das hat sie immer gesagt.

Es war bis heute ein regelmäßiges Gebet zwischen uns. *Amen.*

Morgens wache ich leichter auf seitdem ich den Brief habe und die Arbeit vergeht schneller, da ich jede freie Minute über diesen Hinweis nachdenke. Was auch immer damals geschah, ich kann es bis heute nicht nachvollziehen. Als Kind habe ich alle fünf Phasen der Trauer durchgemacht. Das Leugnen, nicht glauben zu wollen, dass mein Vater weg war. Der Zorn, der Hass auf ihn, dass er uns allein gelassen hat. Ebenso das Verhandeln. Alles kurz, aber dennoch. Die Depression hat mich dann als Teenager gepackt. Trotz der grauen Tage wollte ich mich nie ritzen oder isolieren. Es war eine kurze Phase, das verdanke ich Kay. Er hat mich aufgebaut, mich mitgenommen, mich unterstützt und nicht aufgegeben. Diese Tage haben mich geprägt. Diese Tage, an denen er da war, wie ein großer Bruder. Man könnte meinen, er wollte mir keine Chance geben, depressiv zu sein, mich wegzusperren. Er war einfach da. Die letzte Phase war die längste, sie hält bis heute an: Die Akzeptanz. Mir wurde beigebracht, dass man nicht alles in dieser Welt verstehen muss, nicht alles hinterfragen soll. Es ist ok, wenn jemand eine andere Einstellung hat. Es ist ok, wenn er anders ist. Man muss es nicht verstehen, aber man soll es akzeptieren. *Akzeptanz.* Ich konnte noch nie jemanden verurteilen, den ich nicht kannte, schon gar nicht meinen Vater. Was auch immer sein Grund war, ich kenne ihn nicht. Heute brauche ich ihn auch nicht zu kennen, er ist mir egal geworden, existiert nicht in meinem Leben. Alles was zählt, ist meine Mutter. Durchaus hat man das Bedürfnis seine Gedanken mit jemanden zu teilen. Am besten mit guten Freunden. Kathi wäre da ein Paradebeispiel, aber ihr Leben ist stressig. *Wieso soll ich sie zusätzlich mit meinen Problemen ärgern? Ich kann sie unmöglich in das Ganze mit hineinziehen. Eigentlich bin ich mir auch ziemlich sicher, dass ich allein damit klarkomme.* Wenn man aber alles in sich hineinfrisst und es wie eine Kiste in seinem Herzen verschließt, staut es sich auf, ein Druck entsteht und man hat das Bedürfnis, alles heraus zu schreien. Jeder braucht eine Person, bei der man sein Herz ausschütten kann. Selbst ich. An schlechten Tagen fuhr ich mit dem Bus zur Werkstatt, setze mich auf die lagernden Kisten und Kay reparierte neben mir irgendeine Karre. Mein Gerede glich einem Wasserfall, es hörte nicht auf. Nur, wenn ich Luft holen musste, oder mir die Worte ausgingen, machte ich eine Pause. Ihn störte das herzlich wenig, denn er hörte gern zu. Oft redete er sogar mit, schlug mir Lösungen vor oder regte sich mit mir über die Menschheit auf. Diese besonderen Momente beruhen auf Gegenseitigkeit. Wenn Kay mal einen schlechten Tag hatte, kam er ins Sperling Café, setze sich auf den Barhocker und bestellte ein kühles Getränk. Es war fast schon wie ein Ritual, wenn er da einfach saß, redete, ich hinter dem Tresen stand, die Gläser polierte und zuhörte. *Es WAR unser Ritual.* Schon seit einem guten Jahr haben wir nicht mehr so geredet..., *denn die Zeiten haben sich geändert.* Gerade in dem Moment geht die Tür des Kaffees auf und das kleine Glöckchen klingelt. Ich räume gerade einen Tisch ab, als der Fuchs auf die Theke zusteuert. Er lehnt sich kurz an. Durch die Gastgespräche um mich herum kann ich nichts hören, nur sehen, wie er seine Lippen bewegt. Wie ein neugieriger Hase richte ich mich auf und versuche zu lauschen. Meike schaut ihn an, dann zu mir und deutet mit dem Kopf in meine Richtung. Ruckartig dreht er sich um und schaut direkt in meine Augen. *Hat er mich gesucht?* Ein kurzes Nicken von ihm, kein Lächeln, dann setzt er sich auf einen der Hocker. Schnell räume ich den Platz ab, kehre zum Ladentisch zurück und stehe ihm gegenüber. Sein Kopf wird von beiden Händen gestützt. Immer mehr habe ich den Anschein, dass es ihm schlecht geht und plötzlich muss ich grinsen:

„Was darf's sein, der Herr?"

Ein tödlicher Blick sieht mich an. *Ich hatte zu viel Begeisterung in diesen Satz gepackt. Schaurig.* Zu meiner Überraschung bleibt mein Ego standhaft und ich lächle ihn weiter an. Nach ein paar Sekunden seufzt er und lockert zugleich seine Stirn.

„Hast du mich gesucht?", frage ich nichts wissend. Er nickt:

„War mir nicht sicher, ob du heute Schicht hast. Sorry, hatte ´nen scheiß Tag."

Mein Lächeln bleibt:

„Eine Cola mit Eiswürfel, kommt sofort."

Diese scheinbar neue Situation ist mir vertraut. Es ist wie damals. Kays Nerven liegen blank. Egal was es ist, ich werde es gleich erfahren. Als ich ihm das kühle Glas hinstelle, richtet er sich auf und scheint erleichtert zu sein:

„Danke."

Womöglich ist es wirklich etwas Ernstes, meine Neugierde ist kaum zu zügeln. Erst als ich anfange die Tassen aus der Spüle zu trocknen, beginnt er zu erzählen:

„Unser Lehrling hat einen dummen Fehler gemacht. Die Kiste fing Feuer und mein Dad hat den armen Jungen fast erwürgt."

Tolle Zusammenfassung, nur etwas ungenau. Ich frage nach:

„Lebt er noch?"

„Dank mir", er muss lachen, „ich ging dazwischen und jetzt streiten wir. Die Luft steht in der Werkstatt, ich halt' das nicht mehr aus."

Dieses sarkastische Lächeln kann einem echt 'nen Schauer über den Rücken jagen. Das Glas wird mit einem Mal ausgetrunken und er wurde wieder ernst:

„Jessy gab mir dann den Rest. Es läuft grad nicht so gut."

Eine böse Schadenfreude erwärmt meinen Körper,

aber mir wird sofort klar, dass es ein schlechter Zeitpunkt ist, um Konfetti zu werfen. Er sieht betrübt, zornig und traurig zu gleich in das leere Glas. Mein Mund öffnet sich, doch der Ton verstummt, als er leicht zu zittern beginnt. Ein starker Mann, der mit den Tränen kämpft und an den Worten einer Frau zerbricht. *Gott, tut das weh.* Ein Schwung dringt in mich und ich greife unter den Tresen. Die erst-beste Flasche fällt mir in die Hände, ein offener Wein, und ich wandere um die Theke herum. Ohne Scheu lege ich die rechte Hand auf seinen Rücken, mit der linken schenke ich ihm den Rest ein:

„Das wird wieder, Kumpel. Bleib stark."

Ein kurzer überraschter Blick, dann steht er auf und drückt mich.

„Geht aufs Haus!", rufe ich und will ins Hinterzimmer verschwinden. Ein „Danke" hallt zu mir, dann hebe ich, wie er sein Glas, meine Flasche und wir beide nippen vom Rand. *Prost, Kay.*

„Falls du mal wieder Abstand von diesem Rüpel brauchst, sag Bescheid. Du kannst jeder Zeit auf meiner Couch pennen", gesteht meine mitfühlende Freundin seufzend und kostet den Tee.

„Danke", erwidere ich, „aber wie heißt es so schön? Sei deinen Freunden nahe, deinen Feinden noch näher." Ein verblüfftes Gesicht starrt mich von gegenüber an:

"Du schläfst seelenruhig in der Höhle des Löwen. Ist dir das bewusst?"

"Eher Hölle."

Ein herzliches Lachen folgt: „Schön warm?"

Es dauert ein paar Sekunden, bis wir uns vom Kichern beruhigen. Herrlich, wie wir über so etwas lachen können. Kathi braucht nicht lange, um wieder ernst zu werden:

„Aber deine Welt sollte eh wieder heile sein, oder?", ein Schmunzeln und zugleich schwenkt sie die Tasse in ihrer Hand, wie ein Schurke aus einem Film. Es fehlt nur noch die Katze auf ihrem Schoß. Mein rätselhafter Blick zwingt sie, mich aufzuklären:

„Kays Beziehung bröckelt."

Ich werfe den Kopf auf den Tisch, er läuft rot an. Schlimmer, als ihr Lippenstift.

„Da geht die Düse!", ruft sie entzückt. *Wie ein Bösewicht.* Mein Kommentar „Du bist so blöd", amüsiert sie nur noch mehr. Das Lachen stellt sich ein und sie behauptet mit klaren Worten:

„Es ist die Wahrheit! Du willst immer noch was von ihm. Lüg dich nicht an!"

Ich will im Erdboden versinken, aber hier in Schaffertal kann es jedem egal sein. Kathi hat seit kurzem 'ne Wohnung hier mit ihrem Freund gekauft. Die Universität liegt gleich neben an, meint sie. Mit dem Zug ist der Ort grade mal 20 Minuten von Kieferberg entfernt. Ich kann mich noch gut erinnern, wie sie von diesem ‚neuen Teegeschäft‘ geschwärmt hat. Kein Wunder, dass meine liebe Freundin mich hierher bestellt hat. Ein zweites Mal schafft sie es sich zu beruhigen, dennoch lässt mich ihr zartes Lächeln wissen, dass sie es liebt, mich zu ärgern.

„Du weißt ja, dass das Ganze nicht einfach ist", betone ich ermahnend, aber das lässt sie kalt.

„Eigentlich nicht, ihr tut ja schon so wie ein Pärchen."

„Eher Geschwister", meine Betonung wirkt schmollend.

„Bist du neidisch auf mich?"

Ein verblüfftes „Was?" beantwortet ihre Frage.

„Warum sollte ich?"

Nach einem großen Schluck Schwarztee gesteht sie verständnisvoll:

„Jakob und ich sind schon seit drei Jahren zusammen und du… Wann hattest du deine letzte Beziehung?"

Mein Blick starrt ins Leere, das Gehirn arbeitet, ich weiß es selbst nicht mehr.

„Oh, sorry", kommt besorgt von ihrer Seite.

„Nein, passt schon", mein Gehirn denkt noch immer krampfhaft nach. Kathi nippt wieder von ihrer Tasse: „Ich frag dich besser gar nicht erst, wann du dein letztes Mal hattest."

"Februar", antworte ich mit einer

Selbstverständlichkeit. In dem Moment verschluckt meine Freundin sich vor Überraschung:

„MIT WEM?"

Ich muss grinsen, die Ratlosigkeit ist ihr ins Gesicht gemeißelt.

„One-Night-Stand", gestehe ich, „ich weiß den Namen nicht mehr."

Ihr Staunen will einfach nicht vergehen, sie ist verblüfft. *Diesmal hab' ich sie ausgeschaltet: Gleichstand.*

Irgendwann nach Sonnenuntergang bietet sie mir an, mich nach Hause zu fahren. Anders als sonst ist unser Haus stockfinster, nicht einmal der bläuliche Schein des Fernsehers flimmert durch das Fenster. In der Hoffnung, allein zu sein, schleiche ich mich hinein, verschließe die Tür und begebe mich auf Zehenspitzen nach oben. In diesem Augenblick fühle ich mich wie ein Teenager, der vom Feiern und Saufen um 3 Uhr morgens nach Hause kommt. Fast schon erbärmlich, aber vertraut.

Wiedermal ist es Sonntagmorgen und die Kirchenglocken läuten hallend vom Turm. Das vertraute kühle Plätzchen will ich noch nicht verlassen, nicht bis alle gegangen sind. Die Kirche leert sich und auch als die letzten Großmütter hinter sich das Tor schließen, mache ich keine Anzeichen zu gehen. Luis steigt die Stufen des Altarplatzes hinunter und geht seelenruhig auf mich zu. Mit den Worten „Ich hatte gehofft, dass du kommst" nimmt er Platz. Es lässt mich schmunzeln und sogleich wird mir klar, wie viele Tage vergingen, ohne die Kirche zu besuchen. Fast drei Wochen.

„Es kam einiges dazwischen", beginne ich zu erzählen, „es ist ein Brief aufgetaucht. Von meinem Vater. Er soll hier in Kieferberg ein Dokument hinterlassen haben. Er meint, es könnte uns helfen."

Mit aufgerichteten Rücken und angehobenen Augenbrauen sieht er mich an:

„Glaubst du ihm?"

Darüber hatte ich bereits nachgedacht. Meine Antwort ist simpel:

„Ich muss."

Damit habe ich mich abgefunden. Es ändert sich nichts an Mutters Zustand, wenn ich nur herumsitze und Däumchen drehe. Um ehrlich zu sein, tut es stattdessen weh. Es tut weh, sie nicht bei mir zu haben, mit ihr zu reden oder sie zu umarmen. Vor allem heute, am Muttertag.

Es muss etwas passieren. Ich brauche das Geld, das Erbe, um sie aus diesem Höllenhaus raus zu holen.

„Weißt du wo es ist?"

Auch diese Frage kann ich einfach beantworten:

„Nein."

Aber, da ist noch mehr:

„Niemand außer meinen Vater weiß es, aber er hat

mir einen Hinweis gegeben. Er habe mit Gott darüber gesprochen, oder so etwas... ich habe das komische Gefühl, dass das Dokument hier ist."

Hier in der Kirche. Ein so ruhiger und harmloser Ort. Ein Schutz vor Zeit, vor Hass, vor Erwartungen. Ein Schutz vor meinem Stiefvater. Hier in diesem Gebäude muss es sein. Wie die Nadel im Heuhaufen. Es kann überall sein. Mein Schweigen lässt ihm Platz zum Reden:

„Du kannst ruhig danach suchen."

Mit dem Schock verbunden, weiten sich meine Augen.

„Lass dich nicht aufhalten", lächelt er beruhigt, „du kannst jederzeit kommen und danach suchen. Nur bitte nicht während einer Messe und mach ja nichts kaputt!"

Als ob er einem Kind erklären muss, wie es sich zu benehmen hat.

„Danke. Wann sind Sie wieder in der Kirche?"

Der Pfarrer scheint kurz nachzudenken, dann steht er auf und reibt sich das Kinn.

„Ich habe da eine bessere Idee."

Mit einem verwirrten Gesichtsausdruck sehe ich ihm zu, wie er aufsteht und zurück in die Sakristei geht. *Was ihm jetzt wohl eingefallen ist?* Ich husche ihm hinterher, steige die Stufen zum Altar hinauf, sehe kurz zur Statue der Gottesmutter und verschwinde daraufhin ebenso in den dunklen Raum. Pater Luis kramt gerade in seiner Jackentasche, als ich zu ihm stoße.

„Was suchen Sie?"

„Meinen zweiten Schlüssel für den Pfarrhof", ist seine Antwort.

„Damit kannst du jeder Zeit in die Kirche gelangen."
Was? Nein, das ist nicht sein Ernst. Im Pfarrhof befindet sich der Kirchenschlüssel! Er kann mir doch nicht einfach Zugang zu diesem Gebäude geben. Oder? Mit stotternder Stimme will ich ihm erklären, dass das nicht geht, aber diese faulen Ausreden, wie „Ich arbeite hier nicht" oder „Ich könnte ihn verlieren" gelten bei ihm nicht.

„Kind, ich bitte dich. Ich will dir helfen das Dokument zu finden. Außerdem kenne ich dich schon so lange. Ich weiß, wem ich vertrauen kann."
Seine Hand zieht einen Schlüssel mit einem grünen Schildchen aus der Tasche.

„Hier bitte", flüstert er und legt den Anhänger samt Schlüssel in meine Handfläche. Nochmal mit einem sanften Druck umschließt er meine Hand mit der seinen und mit einem warmherzigen Lächeln nickt er. Ich öffne meine Faust und lese das Schildchen: „Pfarrhof"

-Ein paar Tage später-

Wieder einmal ist es unheimlich still zu Hause. Ich fühle mich mehr und mehr beruhigt, bis zu Letzt zumindest. Mehrmals tasten meine Finger den Wasserstrahl ab, zuerst kalt, dann immer wärmer. Mit dem Handtuch vor dem Körper haltend, kontrolliere ich nochmals, ob die Badezimmertüre auch wirklich verschlossen ist. Ein letzter Blick zum Kleiderhacken, an dem die Kette mit dem Kreuz hängt, dann zum Spiegel. Das Gesicht ist weiß, die Haut trocken und die Haare fettig. *Zeit zum Duschen.* Die Düse lässt das Wasser auf meinem Rücken rieseln, angenehm warm. *So könnte ich stundenlang verharren.* Sobald ich anfange den Kopf mit Shampoo zu massieren, lasse ich den Gedanken freien Lauf.

„Deine Welt sollte eh wieder heile sein." Was Kathi damit sagen wollte? Ich meine... Kay und Jessy haben vielleicht gestritten, aber sie sind noch immer zusammen. Nein. Ich hab' kein Recht mich darin einzumischen. Obwohl es mir weh tut... Es soll mir doch egal sein. Aber Kay... Er war immer für mich da, und jetzt? Mir kommt es so vor, als hätte er sich distanziert, als wäre er unerreichbar. Warum... Warum hat sich diese Frau auch in sein Leben eingemischt? Gott...

Jessica Barker, eine unheimlich hübsche Frau. Durch Kathis Clique habe ich mal erfahren, dass sie aus Spanien stammt. Angeblich hat sie einen Job als Kellnerin in 'nem Gasthaus und ist sehr beliebt dort. *Jessica Barker. Warum machst du mir das Leben zur Hölle?*

Es ist nicht ihre Existenz, die mich stört, eher die Beziehung, die sie mit meinem Freund führt. Es zieht an jedem Nerv, wenn ich nur an sie denke. *Ok, Alex. Beruhig dich wieder, alles ist gut. Er kann es ja nicht wissen. Er kann ja nichts von deinen Gefühlen wissen, da du nichts gesagt hast, verdammt! Ich Idiot. Naja... Vielleicht ist es auch besser so.* Abermals plagen mich die Erinnerungen an unsere Treffen. Keine Frau, die an ihm hing, keine Jessy weit und breit. Und plötzlich war sie da. *Gott... Wieso kann es nicht mehr wie früh-... Ah! Scheiße! Shampoo im Auge!* Rubbelnd wasche ich mein Gesicht ab und lasse noch für ein paar Sekunden das Wasser über meinen Körper fließen. Nach dem Verlassen der Dusche, trockne ich mich mit dem großen Handtuch ab. Schon wieder bin ich in irgendwelchen Vorstellungen vertieft, dass ich etwas perplex meine Klamotten anstarre. Mit mechanischen und langsamen Bewegungen ziehe ich mich an. *Mir fehlen nur noch das Shirt und die Kette.* Ein unverwechselbares Geräusch ertönt in meinen Wahrnehmungen: Der Klingelton meines Handys, und so wie es hallt, muss es im Vorhaus liegen. *Hat Stefano Neuigkeiten? Oder vielleicht Kathi? Hoffentlich keine Panikattacke.* Mit gespitzten Ohren öffne ich die Badezimmertüre und schlendere in den Flur. Zu meiner Überraschung muss ich feststellen, dass Sebastian keine zwei Meter von mir entfernt steht. Sein Blick ist an das leuchtende Display in seiner Hand gefesselt. Etwas spät fällt mir auf, dass er MEIN Handy anstarrt.

Es läutet noch immer.

„Was machst d-", der Satz bricht ab, da ich das Profilfoto des Anrufers erkennen kann.

„Kay... Hm", lächelnd, wie gebannt, starrt er auf das Handy. Kurz darauf drückt er den roten Knopf. Mein Körper löst sich vom Stand:

„He!"

Doch mein Vorhaben, das Handy aus seinem Griff zu reisen, wird in einem Augenblick zunichte gemacht: Kaum bin ich in seiner Reichweite, fasst er nach meinen nassen Haaren, packt mich am Hinterkopf und zieht diesen förmlich nach unten. Ein Aufschrei und ich kneifen die Augen zusammen. Das fürchterliche Ziehen bereitet mir unheimliche Schmerzen. *Scheiße!* Ich kann jedes Härchen spüren, das angespannt ist, es tut verdammt weh. Die Beine geben nach, da er mich nach unten zieht und ich falle zu Boden.

„HÖR AUF!", schreie ich, „LASS MICH LOS!"

Mein Hals brennt vom Kreischen, doch er will nicht hören. Reflexartig greifen meine Hände über den Kopf und packen seinen Arm. Selbst als ich die Fingernägel in seine Haut kralle, macht er keinen Mucks. Kurz blicke ich auf und starre zugleich in einen leeren Blick mit Augen, die nur so vor Hass glänzen. Für ihn ist es eine Freude, ein Vergnügen, mich zu demütigen, mir Schmerzen zuzufügen.

„Warum?", heuchle ich, die Stimme schwindend.

„Du erbärmliches Drecksstück… hast noch immer Kontakt zu diesem Kerl."

„Na und?! Das ist nicht dein- „

„HALT DIE FRESSE!", es hallt durchs ganze Haus. Für einen Moment ist es ruhig, dann schreit er weiter. Sein Kopf läuft hochrot an, die Hand verkrampfte sich schon längst in meinen Harren. Diese starke Aura, dieser böswillige Präsenz, ein mordlustiger Hass, der über mich hergeht.

„Du bist eine SCHANDE für die Familie!"

Er zerrt mich in mein Zimmer und trotz meinem Ge-zappel und weiterem Krallen, lassen seine Muskeln nicht locker. *Nein! Hör auf, verdammt! Das kann nicht sein, nicht schon wieder! Irgendetwas ist anders, es fehlt etwas… Wo ist-… die Kette? Die Kette! Nein! Halt! Stopp! Wo ist sie?! Sie muss noch im Badezimmer sein. Nein. Bitte nicht. Gott, bitte lass mich nicht alleine …*

Ein letzter Schrei:

„HILFE! SO HELFT MIR DOCH!"

Sein kräftiger Wurf lässt mich auf den Holzboden fallen, die Türe fliegt zu und im selben Moment ver-schließt er sie. Der Raum ist dunkler als sonst, es dämmert draußen, mein ganzer Leib zittert. *Ich habe Angst.* Wie ein Kaninchen in einer Hasenfalle. Ein

Käfig. Wartend auf den Gnadenschuss, oder das Knacken im Genick. Mir wird kalt, eisig. Die Tränen kommen aus den Augen, der Blick zu Boden gerichtet. Jedes der Gliedmaßen ist gelähmt, der Mund säuerlich, die Lippen zittrig. Schweigen. Das Klackern der Gürtelschnalle ist zu hören, mit jedem Schritt kommt er näher. Ein schweres Schnaufen hinter mir. *Ein Kaninchen in seiner Falle, wartend auf den Gnadenschuss.*

„Fang an zu beten, Kind."

Kurz darauf holt er aus und ein gezielter Schlag trifft auf meinen Rücken. Einer folgt dem anderen. Sein Schnaufen wird lauter, er schreit, lässt alles raus. Ich bleibe erstarrt. *Hilfe... Bitte. So helft mir doch.*

Erschöpft und wackelnd umrundet er mich, wie ein Raubtier seine Beute. Meine Kraft verlässt mich und ich sacke zu Boden. Keine Ahnung, wie lange er schon auf mich eingeschlagen hat. Auf einmal kann man eine leichte Vibration wahrnehmen und ein vertrauter Ton erklingt. Anscheinend hat er mein Handy auf den Tisch gelegt. Sebastian lässt sich auf dem Bett nieder und beide lauschen wir der Melodie. Für eine kurze Zeit ist es still, dann beginnt es wieder zu läuten. Mit Knurren steht der alte Sack auf, ergreift das Handy und wirft es mit zornigem Ausdruck auf mich. Es bleibt mit dem Display nach oben neben meinem Kopf liegen. Noch immer bin ich gelähmt, auch das Zittern hatte bereits aufgehört.

„Heb ab. Sag deinem Freund, was du von jemandem haltest, der deine Mutter auf dem Gewissen hat", mit diesen Worten geht er zur Türe und öffnet sie. *Was...?* Das Flurlicht scheint hindurch und beleuchtet den Boden. Mit einer flüsternd leisen Stimme frage ich:

„Was...?"

Sein kurzes Warten zeigt, dass er mich hörte, aber im nächsten Moment verlässt er schweigend den Raum. Meine schwache Hand hebt sich und ich drücke mit dem Finger auf den roten Knopf. Im nächsten Moment verschwimmt meine Sicht, die Wangen fühlen sich komisch an, da die Tränen darauf getrocknet sind. Die Spucke im Mund ist bitter, ich schlucke sie alle paar Sekunden. Das Display hellt noch ein letztes Mal auf. Ein weißes Fenster mit schwarzem Text:

‚6 verpasste Anrufe von Kay'.

Kapitel 7: Albtraum

Ein paar Minuten später und ich fühle mich kein Stück besser. Bei dem Gedanken an Sebastians Worte wird mir schlecht. *Was um Himmels Willen soll das heißen?* Mühevoll schaffe ich es mich aufzurappeln. Jede Faser im Rücken schmerzt, alles tut weh. *Aber dennoch... Das Kaninchen hat überlebt...* Nachdem ich die Tür erreicht habe, frage ich mich noch ein letztes Mal, was ich überhaupt vorhabe. *Was will ich eigentlich? Eine Antwort... eine Erklärung auf seine Aussage.* Mechanisch gesteuert kehre ich ins Badezimmer zurück und ziehe mir das Shirt an. Im nächsten Moment schwenkt mein Blick in Richtung Kleiderhaken. Die Hand zittert kurz, dann greife ich zur Kette. Es ist ein energischer Griff, einer, der nicht wieder loslassen will. Meine Wut packt mich, sobald ich das Kreuz auf meiner Brust liegen sehe. Kurz darauf renne ich hinaus und stürze mich Hals über Kopf die Treppe hinunter. Auf der Suche nach dem Arsch fallen mir allerhand Fragen ein. Es ist keine Überraschung, dass ich ihn in der Küche finde. Zusammengesackt und mit einer Flasche Bier in der Hand starrt er auf den Tisch.

„Was hast du damit gemeint?!", schreie ich unachtsam auf meine Stimme.

Mir ist alles egal, ich will Antworten.

„Was hast du damit gemeint, dass Kay meine Mutter auf dem Gewissen hat?!"

Mit müdem Blick schaut er auf, das Geschreie lässt in unbeeindruckt.

„ANTWORTE!"

Hass, Zorn, Wut... alles lasse ich raus, doch mein Körper versteift sich. Es dauert noch ein Moment bis er seinen Mund endlich öffnet:

„Du würdest es mir sowieso nicht glauben, wenn ich's dir sage..."

Meine Stimme wiederholt ermahnend:

„Antworte."

Einen großen Schluck vom Bier, dann spricht er:

„Die Polizei hat ja den Wagen deiner Mutter untersuchen lassen. Sie haben herausgefunden, dass er vor dem Unfall in der Werkstatt war. Der Werkstatt von Oliver Fuchs."

Sein Blick wendet sich nochmal zu mir, und trocken erklärt er weiter:

„Sie haben noch keine Fingerabdrücke gefunden, oder irgendwelche Beweise. Aber so wie es aussieht... bekam dein Freund den Auftrag das Auto zu reparieren."

Was? Nein... Kay würde doch nicht...

„Anscheinend, hat er versagt..."

Stille.... Alles ist ruhig. *Ich kann es nicht glauben... Er lügt doch, oder? Er hat recht, ich glaube ihm nicht. Aber, was ist, wenn der alte Sack die Wahrheit sagt?* Ein paar Sekunden verharre ich, wie vereist. Die Zeit bleibt stehen, nichts rührt sich. Doch als Sebastian anfängt zu reden, zucke ich auf:

„Geh doch zu ihm. Wenn du mir nicht glaubst, dann frag ihn selber, warum er das getan hat."

Ich hasse es auf ihn zu hören, aber dennoch drehe ich mich im Laufschritt um und steuere auf die Haustür zu.

Der Wagen ruckelt, man kann jede Unebenheit der Straße spüren. Ich schaue mit allen möglichen Gedanken aus dem Fenster, der Wirbel in meinem Kopf hat wieder begonnen. Mit jeder Haltestelle werde ich nervöser. Es ist nur noch eine Frage der Zeit, bis der Bus stehen bleibt, ich aussteigen und ihm in die Augen blicken werde. *Ich hasse seine Augen.* Tatsächlich hält der Bus an. Der Ehrgeiz ist es, der mich mit schnellen Schritten zur Werkstatt bringt. Je näher ich komme, desto mehr verwandelt sich die Ratlosigkeit in Zorn. Was auch immer er sagen wird, einer hat mich angelogen. Ich bete, dass es mein Stiefvater war.

„Hallo, Alex!", hallt es aus der Halle.

Ich treffe auf Oliver und mit einem gefälschten Lächeln grüße ich zurück:

„Guten Tag, Herr Fuchs! Sagen Sie, ist Ihr Sohn hier?"

Er trocknet sich die Hände ab und deutet mit dem Kopf auf die Hintertür. Ich höre ein „Er ist draußen und räumt 'ne Karre aus", dann eile ich weiter. Ein kräftiger Ruck gegen die Tür und ich stehe im Freien. Eine Art Hinterhof, der als kleiner Schrottplatz dient. Ich rufe seinen Namen, dann höre ich ein Krachen und er antwortet mit „Hier!". Kay steht hinter einem dunkelgrünen Jeep und hebt die Hand. Während ich zornig in seine Richtung schreite, klappt er die Auto-tür zu und setzt sich mit einem lässigen Schwung auf eine andere Motorhaube daneben. Er braucht mich nur kurz ansehen, dann lächelt er schon:

„Mensch, da bist du ja!"

Selbst seine freudigen Worte können mich nicht um-stimmen, meine miese Laune bleibt.

„Ich habe dich 10 Mal angerufen. Warum hast du nicht geantwortet?", tatsächlich will ich ihm gerade eine Erklärung abgeben, doch er fährt fort:

„Die Ersatzteile für dein Auto sind angekommen! Ich kann es diese Woche richten und- Sag mal… Spinnst du noch immer auf mich?"

Ich hasse solche Fragen, ich hasse sie einfach. Aber ich will ihm diese Überlegenheit nicht schenken und er-kläre genervt, dass ich keine Zeit hatte. Weiteres lege ich alle Karten auf den Tisch:

„Du hast das Auto meiner Mom repariert, oder?"

Seine Augenbrauen heben sich und sogleich fragt er,

was ich meine. Mit jeder Sekunde wirke ich gereizter:
„Vor dem Unfall war das Auto meiner Mutter in deiner Werkstatt und DU hast es repariert!"
Kay schreckt auf, plötzlich weiß er von was ich rede.
„Achso… Ja. Mia bat mich die Reifen zu wechseln. Es war nur ganz kurz. Warum fragst du?"
„Warum? Warum?!", ich schreie fast, "Das Auto ist jetzt Schrott! Warum hast du mir das verschwiegen?!"
Er springt von der Karre und sogleich wird er ernst:
„Woher weißt du das überhaupt?"
„Sebastian… er hat mir gesagt, dass du das Auto gerichtet hast. Kurz vor dem Unfall!"
„A-Alex, du glaubst doch nicht, dass ich-„
Er bricht ab, sieht mich zornig an. Sogleich presse ich die Lippen zusammen, der Druck wieder in meiner Brust, kämpfe ich mit den Tränen. *Ich hasse dich…*
Auf die nächste Sekunde lockert er sich, wird einfühlsam und spricht in einem unsicheren Ton:
„Alex… Ich würde niemals…"
Er bricht wieder ab. *Warum hörst du auf zu reden? Warum? Weißt du überhaupt, was du da sagst? Ist es überhaupt die Wahrheit?!* Er kommt näher, doch ich weiche zurück.
„DU BIST SCHULD, DASS SIE IM KOMA LIEGT!"
Er schreit zurück: „NEIN!"
Da ist es ruhig, die Luft steht.

„Ja, wir haben die Reifen gewechselt, aber ich habe NICHTS mit Ihrem Unfall zu tun. Glaub mir bitte."

Ich weiß nicht, wem ich noch glauben soll. Alles dreht sich, mir wird schwindelig und selbst meine Sicht wird unscharf. Dieser Druck in meiner Brust, er drängt sich nach oben, es schmerzt. Die Beine schwanken rückwärts und mein Körper dreht sich um. *Ich will weg. Das ist alles, was ich jetzt will. Einfach nur weg.* Im nächsten Moment sprinte ich zur Stahltür. *Weg... Ich will weg!* Doch Kay ist da anderer Meinung, denn er läuft mir nach und schafft es, mich am Oberarm zu packen.

„Alex!", sein Ruck nach hinten hindert mich die Schwelle zu passieren. Ein Schauer huscht über meinen Rücken, während ich ihm in seine Augen schaue. Sie sind gläsern, ernst und doch voller Angst. Sein Blick zeigt Hass. Hass auf wen? Sebastian? Mich? Ich tu das, was ich am wenigsten gewollt hatte: Ich reiße mich aus seinem Griff. Mein Schnaufen droht:

„Lass mich... Lass mich einfach in Ruhe."

Er antwortet nicht, besser so, und ich lasse ihn stehen.

Das Café meide ich seit dem Vorfall in der Werkstatt. Meike habe ich erzählt, dass ich krank sei und mich lieber zuhause ausruhen möchte. Zuhause... beim Löwen. Das Zimmer sperre ich ab, sobald Sebastian im Haus ist und wenn er was will, sprechen wir durch die verschlossene Türe. Schweigend liege ich im Bett und versuche die vergangenen Tage zu verarbeiten, doch es wird seine Zeit brauchen. *Ich hasse alles. Warum hat er mir das angetan?* Doch meine Fragen bleiben unbeantwortet. Immer wieder schaue ich auf das Handy, in der Hoffnung eine Nachricht von ihm zu erhalten. Nichts. Erst ein Tag, dann zwei.... Tatsächlich dauert es eine Woche bis mein Handy endlich wieder mal klingelt. *Kathi?*

„Hallo?"

„Hiiiii, Alex! Hör mal ich hab' schlechte Nachrichten. Jessy ist wieder im Rennen. Sie haben sich wieder vertragen."

Mein Seufzen ist deutlich zu hören:

„Sorry, aber ich bin nicht gut auf Kay zu sprechen."

„Was hat der Arsch jetzt schon wieder gemacht?", piepst es durch das Telefon.

Interessant, wie schnell sie ihre Meinung über eine Person ändern kann. Sobald ich aufrecht im Bett sitze, rede ich weiter:

„Wir streiten gerade."

„Ey, Schätzchen... Wenn der Vollidiot dich wieder beleidigt hat, kann er was erleben!"

Ihre Aussage lässt mich kurz grinsen, doch obwohl ich mit dem Gedanken spiele, ihr von den Nachforschungen der Polizei zu erzählen, belasse ich es lieber dabei.

„Thema Wechsel, bitte."

Nur ein kleiner Moment Stille, dann fragt Kathi in einem sanften Ton:

„Wie geht es deiner Mama?"

Gut, wäre eine klassische Antwort, aber gelogen.

„Sie ist stabil. Die Krankenschwestern kümmern sich gut um sie."

„Sie ist noch nicht aufgewacht, oder?"

„Nein. Leider nicht. Meike und ich besuchen sie zweimal in der Woche. Die Ärzte meinen, es sei unnötig jeden Tag bei ihr dabei zu picken."

„Ach, Alex. Ich glaub' die sorgen sich einfach nur um deinen Zustand. Es wird dich noch verrückt machen, wenn du immer neben ihr im Stillen sitzen musst."

Sie hat vollkommen Recht. Es macht mich nicht nur verrückt, sondern komplett wahnsinnig.

„Ja, schon."

„Na, also. Sie ist in guten Händen! Mach dir keine Sorgen… Jetzt mal was anderes. Hast du von dem neuen Film im Kino gehört? ‚Blütenzähler', oder so…"

„Sagt mir was. Ist das der mit dem dunkelhäutigen Schauspieler, den du so feierst?"

„Ja! Ach, Mensch. Ich will den unbedingt sehen. Aber ich bring da Jakob NIEMALS hinein! Gehst du mit miiiiir?" Ein kurzes Seufzen, dann willige ich ein.

Was solls? Ich muss hier sowieso raus. Sie schwärmt

weiter und wir verabreden uns für Samstagabend im Kino. Kein Plan, worauf ich mich diesmal eingelassen habe, aber alles ist besser, als dieser Ort voller Irrer.

-Mittwoch, eine Woche später-

Dieser hoffnungslose Rückschlag an das Vertrauen der Menschheit hindert mich dennoch nicht, nach dem Dokument zu suchen. Wieder einmal stehe ich mitten im Gotteshaus. Mit dem schweren Schlüssel vom Pfarrhof in der Hand stelle ich mir nur eine Frage:
„Wo soll ich anfangen?"
Die Beine schlendern Richtung Altar, mein Blick ist auf die Statuen dahinter gerichtet. Die goldene Zierde an der marmorartigen Mauer wirkt majestätisch und prächtig. Auch die Engel mit ihren Flügeln lassen einen in die Barockzeit eintauchen, dass man glatt vergisst, in welchem Jahrhundert man lebt. *Ob es im Hochaltar versteckt ist? Nein. Zu ,heilig' um dieses Kunstwerk zu berühren. Vielleicht beim Ambo?* Ich untersuche das steinerne Lesepult, aber selbst dort befindet sich kein Spalt für einen Zettel. *Stimmt, er hat ja mit Gott gesprochen. Nicht mit dem Volk.* Weiter wende ich mich zu den Sitzen der Ministranten und dem Pfarrer, doch da befindet sich auch nichts. Alle Stühle sind entweder mit einem starken Stoff vernäht

oder rein aus Holz. Nach einer Weile Herumtasten, setze ich mich hin und überlege nochmal. *Ich hab' nicht einmal ein Zehntel dieses Ortes durchsucht. Wie soll ich das Drecksteil finden? Kann es hier im Saal sein oder doch in einem der Räume in der Sakristei?* Die Statuen auf den Seiten der Bänke fallen mir ins Auge. *Bitte sag mir nicht, dass es in eine dieser Figuren eingemeißelt ist.* In den Gedanken versunken, betrachte ich diesen Ort. Er wirkt ruhig, still. Es ist ein heller Ort, der mit Tageslicht von außen gefüllt ist. Von meinem Sitz aus sehe ich erhöht über den Platz des Volkes hinweg. Langsam stehe ich auf und schreite zum Altar vor. Es fühlt sich so an, als ob die Menge einen hören will. Eine stresslose Erwartung der Menschen. Egal was du zu sagen hast, sie wollen es hören. Da erinnere ich mich an die Predigt von Pfarrer Luis und seine Worte.

„Es ist nicht immer leicht, genau das zu sagen, was man empfindet. Noch schwerer ist es den Leuten die Gefühle zu übermitteln, die man selber hat."

Wahre Worte, mein Freund. Wahre Worte. Sanft taste ich die glatte Steinplatte ab, meine Hände streichen an jedem Winkel entlang und auch darunter, jedoch ist auch hier kein Papier versteckt. *Gott, Alex. Er hat zu Gott geredet, nicht zum Volk.* Wie oft ich das auch in meinem Kopf wiederhallen lasse, es bringt mich einfach nicht weiter. *Für heute reicht's. Ich werde morgen die Sakristei unter die Lupe nehmen.* Ich wende mich ans Gehen. *Hoffentlich finde ich das Ding bald.* Noch einmal blicke ich zurück zum Altar, dann tauche ich den Daumen ins Weihwasser und verlasse die Kirche.

Der Weg von der Bushaltestelle zum Haus wird zuerst mit einem gemütlichen Spaziergang passiert. Jedoch bleibe ich stehen, sobald meine Augen die Hofeinfahrt erkennen können. Ein Polizeiwagen wurde direkt vor der Tür geparkt. *Was zum...? Warum sind die Bullen hier? Ist etwas passiert?* Ich laufe wie ein neugieriges Kind in Richtung Einfahrt und sehe mir dort den blau weißen Wagen an. *Hat jemand die Polizei gerufen? Weswegen? Hat jemand von Sebastians Verhalten erfahren? Unmöglich... Außer...* Die Türe öffnet sich und noch bevor ich etwas sagen kann, befiehlt mir der Hausherr mit einem sanften Gemüt: „Komm rein, die warten auf dich."
WAS? Himmel... Was ist jetzt los? Ohne Wiederrede folge ich seinen Worten und betrete das Wohnzimmer.
„Grüß Gott!", kommt es automatisch aus meinem Mund.
Die Beamten wenden ihren Kopf von der Kaffeekanne zu mir und stehen sogleich auf. Nach einem freundlich gesonnenen Händedruck fragen sie nach meinem Namen. Reine Sicherstellung, ob sie eh die

richtige Person haben.

„Alex, bitte nennen Sie mich Alex."

„Na gut, Alex", fängt die Polizistin an, „wir würden gerne mit Ihnen ein paar Worte reden, wenn das möglich ist."

Ich nicke heftig mit dem Kopf und erwidere mit einem „Natürlich!". *Oh, warte. Was ist, wenn es wirklich um Sebastian geht? Der Typ steht mit mir in einem Raum! Ein falsches Wort und es wäre mein sicherer Tod.*

Ihr Kollege übernimmt das Wort:

„Bitte, steigen Sie ins Auto. Wir fahren Sie zum Revier."

Es braucht einen Moment, bis ich begreife, dass der Typ tatsächlich mit MIR spricht.

„Was? Warum?"

Meine Antwort lässt nicht lange auf sich warten:

„Wir haben Fragen an Sie bezüglich des Unfalls von Mia Weiss. Es wird nicht lange dauern."

Schnell checke ich, wer der ‚Gute-Cop' und wer der ‚Böse-Cop' ist. Doch selbst dann, verstehe ich noch immer kein Wort.

„Der Unfall ist jetzt schon zwei Monate her! Wieso haben Sie jetzt auf einmal Fragen? Ich meine, damals war doch alles geklärt."

„Ja, damals war auch alles geklärt", auch die gute Polizistin wirkt plötzlich gereizt,

„Jetzt gibt es aber neue Untersuchungen, denen wir

„Was wollen Sie von mir? Ich habe nichts getan!"

Kurz schweigt er. *Alter, wenn jetzt sowas kommt, wie ,Das sagen sie alle', dann spring ich ihm über den Tisch!*

„Das...", -ich mache mich bereit-, „wird sich noch herausstellen."

Das kann nicht wahr sein, was will er von mir?

„Mia Weiss ist meine Mutter und ich habe ein Recht darauf, zu erfahren, was beim Unfall passiert ist."

Gelangweilt von meiner Ansage, ignoriert er den Blick von meinen drohenden Augen. Seufzend wühlt er weiter in den Seiten:

„Der Unfall wurde durch einen Schaden im Reifenbereich hervorgerufen. Das Auto wurde kurz vor der Fahrt manipuliert. Möglicherweise, haben Sie ja damit zu tun."

Was? Spinnt der?!

„Ich?! Wieso soll ich das meiner eigenen Mutter antun?!", die Wut lässt mich schreien, dennoch versuche ich mein Mundwerk zu zügeln. Da er kaum ein Wort mehr sprechen möchte, setze ich fort:

„Ihre Nachforschungen sind bis zu Olli's Motor gelangt. Haben Sie die Typen dort schon unter die Lupe genommen? Die Karre war ja kurz vor dem Unfall bei der Reparatur."

Er unterbricht mich:

„Ja, haben wir. Da wir aber keine Fingerabdrücke gefunden haben und keine konkreten Beweise vorliegen, müssen wir weitersuchen. Sie hatten ja jeder Zeit Kontakt zu Ihrer Mutter und Zugang zum Auto. Sie könnten es ebenfalls manipuliert haben."

Das führt zu nichts. Es ist nur eine Sucherei, die wissen selber nicht, was sie tun sollen!

„Außerdem...", er blickt endlich auf, „haben wir einen Zeugen, der uns erzählt hat, wie sie am Wagen des Opfers etwas präpariert haben, kurz bevor Sie zu dieser Party gegangen sind."

Wie ein schwerer Sack, lasse ich mich in die Lehne fallen. *Was?* Die Augen starren geweitet in sein steinernes Antlitz. Es steht Aussage, gegen Aussage. Und dieser Zeuge, wird von ihnen mehr gewertet, als jede meiner Antworten. Von einer Sekunde auf die nächste wurden mir die Hände gebunden und ich weiß, dass jedes weitere Wort von mir Konsequenzen haben kann. Ja, auch wenn es die Wahrheit ist. Erstmalig bin ich der Polizei ausgeliefert. Mein Kopf senkt sich und die silberne Kreuzkette fällt in mein Visier. *Ich kann nicht mehr. Sie glauben mir kein Wort. Gott, wenn du mich hörst... Schick mir doch nen' Helfer.*

Bitte.

Kapitel 8: Hoffnung

„Guten Tag, Herr Förster! Danke für Ihre Einladung", ruft eine vertraute Stimme durch den Raum. Dass jemand die Türe geöffnet hat, übersah ich, doch jetzt bekomme ich die Gestalt neben mir auch mit. Ein kurzer Blick nach oben, lässt meine Stimmung aufhellen. Es ist Rottenmann.

„Wir haben Sie auch nicht eingeladen", droht die beunruhigte Person gegenüber. Das lässt Stefano kalt: „Genau deswegen, bin ich auch hier. Ich meine, dass ihr ohne meine Anwesenheit meinen Schützling befragt, ist ja wohl eine Frechheit!"

Im nächsten Moment richtet sich auch der Typ auf der anderen Seite auf und verschränkt die Arme: „Soweit ich weiß, liegt deine Mandantin auch im Koma. Was soll das mit diesem Kind hier zu tun haben?"

Kind? Hat der mich gerade ‚Kind' genannt? Verständnislos kontert Stefano:

„Mia Weiss hat mich beauftragt, im schlimmsten Fall, Alex zu beschützen. Somit bin ich in Kenntnis zu setzen, wenn Sie ein Gespräch verlangen. Außerdem wurde ich über diesen ‚Zeugen' bereits informiert... und wenn Sie einem alkoholabhängigen Arbeitslosen mehr glauben, als einem elternlosen Kind, dann ..."

Denn letzten Satz flüstert er unverständlich, doch Förster unterbricht ihm mit einem „Ist schon gut, Rottenmann!". Als hielte man eine Waffe auf ihn, hebt der Beamte die Hände:

„Ich weiß, die Nachforschungen sind ungenau. Aber wir müssen jeder Spur nachgehen."

„Sie laufen damit nur im Kreis", Stefano hilft mir vom Stuhl auf und geht mit mir zur Tür, „ich hatte gehofft, dass Sie besser geworden sind. Schade, dass ich mich täuschen muss. Guten Tag, Herr Förster!"

Die Türe schließt er mit erhobenem Haupt. Ich strecke meinen Kopf aus dem Schildkrötenpanzer heraus:

„Sie nehmen auch kein Blatt vor dem Mund, was?"

„Es ist eine Frechheit, ohne Beweise oder Belegungen auf ein Kind einzureden, dass kurz davor ist seine Mutter zu verlieren!"

Und schon wieder ,Kind'…

Mein feines Lächeln, lässt ihn wissen, wie erleichtert ich bin. Ein Stein fiel von meinem Herzen, als er im richtigen Moment den Raum betrat.

„Stefano? Sie hat der Himmel geschickt!"

Er grinst: „Deine Tante."

Ist ja dasselbe.

„Wir haben im Café geredet und sie bat mich, bei dir vorbei zu schauen. Ich wollte gerade, zu dir, als der Streifenwagen an mir vorbeigefahren ist. Gut, dass ich dich im Fenster erkannt habe und ihm gefolgt bin."

Der Rest erklärte sich von selbst: Er informierte sich über den Fall und kam dann zum richtigen Zeitpunkt in den Verhörraum. *Zumindest hat mich diesmal jemand erhört.*

Während er mich nach Hause fährt, bittet Stefano mich noch am Ende der Woche ins Krankenhaus zu kommen. Außerdem hat er mir erklärt, warum er eigentlich zu Meike wollte: Da meine Mutter schon über einem Monat im Koma liegt, wird das Krankenhaus sie verlegen müssen und die Kosten werden auch nicht mehr übernommen. Daraufhin hat er nochmal telefoniert und verhandelt. Rottenmann hat Meike und nun auch mir Bescheid gegeben, dass Mia im gleichen Zimmer bleiben darf und er die kompletten Kosten übernehme. Weder mein Dankeschön noch das meiner Tante will er annehmen, denn er sei es ihr ‚schuldig'. Was auch immer das zu bedeuten hat.

Zu meinem Glück ist der alte Wagen von Sebastian weg. Am Küchentisch liegt ein Zettel mit dem Hinweis „Bin bis Donnerstag weg. Benimm dich und fackel nichts ab!" *Du mich auch, alter Sack.* Es wirkt überaus freundlicher, wenn er fort ist. Den restlichen Tag verbringe ich auf dem Stuhl auf der Terrasse. Die

Sonne lächelt mir entgegen und ich meine irgendwo kleine Vögel zu hören. Himmlisch. So angenehm, war es schon lange nicht mehr. *Ich hoffe, die Idioten bei der Polizei lassen mich in Ruhe. Aber dank Mamas Anwalt sollte ich sicher sein. Fürs Erste.* Das Gesicht entspannt sich, die Arme werden schlaff. Aus dem Nichts überkommt mich eine Müdigkeit, die versucht, meinen Körper in ihren Bann zu ziehen. *Dieser Zeuge... Die Beschreibung von Rottenmann passt auf Sebastian. Er muss es gewesen sein. War ja klar, dass der mich loswerden will. Nur nichts anmerken lassen, wenn er zurück ist. Aber...* Die Augenlieder halten sich krampfhaft oben, lassen aber jede Sekunde ein Stück weiter nach. *Wegen der Notiz am Tisch. Wie kann er wissen, dass die mich gehen haben lassen? Hat er Kontakte im Revier? Einen Vertrauten, einen Spitzel, der ihm alles berichtet? Ich sollte besser aufpas-.... Ssss ....*

Die Schwärze wirbelt auf, beruhigt sich dann und zieht wellenförmig an meinen Augen vorbei. Geistig fühlt es sich wie ein Sog an, der den Körper nach unten zieht. Man strebt gegen den eigenen Willen, soll gegen diesen inneren Geist ankämpfen. Ich will aufwachen, komme aber nicht zu mir. Kann die Augen nicht öffnen. Ich habe Angst. Angst, dass mir jemand etwas antut und ich es nicht verhindern kann. Genug geschlafen, ich muss aufstehen, jedoch bewegt sich keiner meiner Muskeln. Alles wiegt so schwer. Es zieht förmlich nach unten. Langsam öffnen sich die Augenlieder. Es glänzt alles, denn die Strahlen reflektieren von den Blättern der Bäume. Schwere Atemzüge heben und senken meinen Oberkörper. Ich habe etwas geträumt, weiß aber nicht mehr was. Besser so. Es hat mich innerlich fertig gemacht. Ich hasse es, die Kontrolle über mich und meinen Körper zu verlieren, Fremde und doch Vertraute zu sehen, oder machtlos zu sein. *Hm? Eine Melodie? Ich kenn die...* Nahe aber dumpf beginnt eine E-Gitarre zu spielen, dann ein Schlagzeug, das im Takt mitpulsiert und schließlich ein aufschreiender Mann. Mit jedem Takt wird die Musik klarer und ich erkenne den Song... *'A shame... The ones who died without a name'...* Ich will mitsingen, trotz meiner anhaltenden Müdigkeit. So eine vertraute Musik, eine Hymne für die Jugend und der Mund gibt den Text automatisch wieder:

„And bleed, the company lost the war today. I beg to dream and differ from the hollow lies. This is the dawning of the rest of our lives..."

Der neue Klingelton meines Handys. Ich konnte den alten nicht mehr hören, seitdem der Arsch mich 6 Mal hintereinander angerufen hat. Nicht seine Schuld, aber es hinterließ Narben. Buchstäblich. Ich grinse, lausche der Melodie und dem Sänger, bis das Handy stoppt. Schließlich schaffe ich es mich

aufzuraffen und meinen versteiften Körper zu strecken. Sobald ich das Display aktiviere, leuchtet das
Kästchen ‚1 verpasster Anruf von Kathi' auf. Mit
dem Hörer am Ohr wandere ich durch die Terassen-
tür zur Küche.

„Hi, Häschen!", grüßt sie entzückt.

Die Hand öffnet von selbst den Kühlschrank und ich
antworte:

„Hallo, du Küken. Was gibt's Neues?"

Eifrig wie eh und je, schwafelt sie von Jakobs tollem
neuen Job. So viel ich heraushören kann, ist er jetzt
in einem Lokal als Koch angestellt. *Nett. Wenn man
den Mumm dazu hat.*

„Hast du mich jetzt ernsthaft angerufen, um mir das
gleiche zu erzählen, wie am Samstag im Kino?"

Kurz halte ich inne, dann schenke ich ein Glas Saft
ein. Weiteres bereite ich noch eine Jause zu und
warte auf ihre Antwort:

„Nein. Ja... Ach, hör zu! Jakob muss so 'n neues Mä-
del einschulen. Und jetzt pass auf: Sie ist die Schwester von Jessy!"

Mein Blick könnte gerade alles töten, was zu atmen
versucht. Aber dennoch frage ich mit leicht betontem
Sarkasmus:

„Und was bringt mir das?"

„Ich sagte doch, du sollst zuhören!"

Soll ich es ihr nochmal erklären, oder nicht? Hm… Meine

Gedanken zoffen sich, doch Kathi fährt fort:

„Schau, die Frau redet wie ein Wasserfall!"

„Die kann doch nicht schlimmer sein, als du. Oder?"

„Doch!", ihre Freude lässt mich staunen.

„Sogar Jakob hat das gesagt! Aber das ist nicht der Punkt... Sie meinte es gäbe grad ziemlichen Zoff bei ihr zu Hause."

„Ach, echt?", hier und da versuche ich mich zumindest etwas dafür zu interessieren.

Schade, dass es mir herzlich eg-...

„Die hat nicht nur Jessy als Schwester, sondern 'nen Bruder. Und der Typ soll 'n Riese sein! Typisch Spanier."

Kurz überdrehe ich die Augen, doch mein Mund bleibt offenstehen, während sie weiter erklärt:

„Marco soll er heißen. Dir sagt der Name doch etwas, oder?"

Marco? Ja... Warte...

„Sag Mal", ich krame wieder im Erinnerungsbereich meines Gehirnes, „Marco war doch der Typ von der Schlägerei letztes Jahr, oder?"

Ein Aufschrei in mein noch immer gesundes Ohr:

„BINGO! Er hat eine Gang und vertrau mir: Mit diesen Typen ist echt nicht zu spaßen! Die Schlägerei war irgendwo in 'ner Kneipe, aber dennoch ist er oft in Kieferberg unterwegs. Hast du ihn schon mal gesehen?"

„Nein. Bin auch ein bisschen froh. Was soll ich den von ihm?"

„Egal. Aber, wegen diesem Zoff bei ihnen zuhause. Maria, also die Schwester, meint, dass Marco den Neuen von Jessy überhaupt nicht leiden kann! Ergo, Jessy und Kay hatten 'nen Streit bezüglich des Bruders."

Ok, ich sag es ihr nochmal:

„Kathi, ich habe dich wirklich lieb und bin dir überaus dankbar für diese Info, aber... Kay... ist zurzeit kein Thema für mich."

Meine Betonung wird immer bedrückender. Ich merke selber, wie das Herz erneut beginnt zu zerreißen.

„Abgesehen davon ist es nicht meine Sache, was er mit seiner Beziehung macht. Ich darf und will mich gar nicht einmischen."

„Welche Beziehung?", sie fragt in einem ernsten Ton, was mich stutzig macht.

„Kays und Jessys Beziehung.... Ich meine..."

„Die haben Schluss gemacht."

Was...?

„Deswegen ruf ich dich ja an. Es hat eben noch einen Streit gegeben, da Marco angefangen hat, Kay anzugehen. Er musste einen Schlussstrich ziehen und hat Jessy vor ein paar Tagen verlassen."

Was- Nein. Oder? Ich...

„Alex?"

„Sorry! I-Ich bin verwirrt. Also, Kay hat Schluss gemacht?"

„Ja!"

„Das kann nicht wahr sein."

„Doch."

„Ich…"

„Schätzchen, mach mit der Info, was du willst. Aber warte noch ein bisschen, der Typ ist grad erst wieder frei."

„Nein… Kathi, ich-„, kaum habe ich Luft geholt, rufe ich es förmlich heraus, „ich weiß nicht, ob ich ihn immer noch liebe!"

Meine Freundin ist überrascht. Diese Aussage hat sie zwar nicht erwartet, lässt mich aber dennoch ausreden:

„Es gibt einiges, das zwischen Kay und mir passiert ist. Ich muss das Ganze etwas sacken lassen. Weißt du… er ist nicht mehr der, den ich einmal kannte. Ich habe das Gefühl, dass ich ihm nichts mehr wert bin, mich anlügt, und…, dass er mich fallen lässt."

Sogar ihr warmherziges Lachen spüre ich direkt durch das Telefon:

„Lass dir Zeit. Es ist ok."

Danke, Kathi. Danke für dein Verständnis. Nickend weiche ich zum Sofa:

„Danke."

„Schon ok", sie atmet auf, „Ich dachte nur... du solltest es wissen. Für alle Fälle. Aber ich versteh dich.
Wie gesagt: Lass dir Zeit."

Wie versprochen, habe ich mir vorgenommen am
Samstagabend das Krankenhaus zu besuchen. Ein
herrlich kühler Luftzug begrüßt mich beim Betreten
des Raumes. Mutter liegt reglos im Bett, das Fenster
ist geöffnet und ein Mann mit hellem Mantel sitzt neben ihr. Langsam lege ich den Kopf in die Seite und
bemerke, wie er die Hand von meiner Mom hält. Stefano dreht sich auf der Stelle um, sieht mich erschrocken an und grüßt. Ein feines Grinsen legt sich auf
meine Lippen, nachdem ich die Arme verschränke:
„Ich hätte klopfen sollen."
Noch nie habe ich ihn so peinlich berührt gesehen,
schon fast niedlich.
„Nimm Platz", lädt er mich ein.
Man hört den Regenschauer draußen, das Zimmer
wird von der Deckenbeleuchtung erhellt. Außer uns
ist niemand hier, es ist ruhig.
„Deine Mutter", beginnt er, „ist schon lange eine
gute Freundin von mir."
„Ich weiß."
Gerade will ich hinzufügen, dass er das bereits erwähnt hätte, doch er unterbricht:
„Nein. Nicht seit ‚gerade eben'. Wir kennen uns seit
unserer Kindheit. Wir haben oft miteinander gespielt

und auch als wir Jugendliche waren, haben wir vieles zusammen gemacht. Ich habe sie schon damals gemocht."

Mein Staunen lässt sich nicht verbergen, doch eine Frage brennt auf meinen Lippen:

„Warum hat sie mir dann nie von Ihnen erzählt?"

„Mein Studium brachte mich in eine andere Stadt", erklärt Stefano mit einer Verständlichkeit,

„es war uns beiden klar, dass wir uns verlieren würden. Ich habe ihr jedoch versprochen, dass ich zurückkomme, sobald ich fertig bin."

Ich rate:

„Aber Sie sind es nicht, oder?"

Er schüttelt den Kopf.

„Nein. Es gab einen Mordfall im Ausland. Ich wurde sofort miteinbezogen und es hat Jahre gedauert, bis der Fall *ad Acta* gelegt wurde. Irgendwie… Habe ich in dieser Zeit den Kontakt zu Mia verloren. Und verdammt, ich bereue es."

„Echt?", etwas berührt und dennoch verblüfft frage ich nach.

Sein Blick zeigt Staunen:

„Ja! Nein… also, ich bereue es nicht, dass sie jemand anderen gefunden hat. Noch weniger, dass sie dich bekommen hat. Also…"

„Wieso sollte sie nicht jemanden finden, der- „", sofort verstumme ich.

Bin ich bescheuert... Sein Blick verrät alles. *Er hat...*

„Ich habe sie geliebt."

Mit einem flehenden Gesichtsausdruck sieht er ihr schlafendes Gesicht an:

„Und ich hoffe, sie verzeiht mir für diesen Fehler."

„Welchen Fehler? Sie mussten gehen. Sie hatten doch keine Wahl."

„Ich meine den Fehler, dass ich sie geliebt habe... und es noch immer tue. Selbst nach all den Jahren."

Stefano Rottmann, der Anwalt meiner Mutter, ist nicht nur ein guter Freund, sondern auch ihre stille Sandkastenliebe. Sie haben nie darüber gesprochen, denn er verschwand im Stillen, so wie mein Vater. Jedoch gibt es einen gravierenden Unterschied zwischen den beiden: Stefano kam zurück. Er kam zurück, um Mom zu helfen. Das ist also auch der Grund, warum er die Kosten für das Krankenhaus übernahm. Deswegen ist er ihr etwas ‚schuldig.' Auf einmal macht alles Sinn.

Ruckartig richtet er sich auf, entschuldigt sich für seine Worte und, dass ich die Geschichte besser von Mutter hätte hören sollen. Ich unterbreche:

„Die Liebe ist kein Fehler."

Unverständlich sieht er mich an. Womöglich ist er verwirrt, dass ich sein Geständnis einfach so hinnehme.

„Es ist nicht falsch zu lieben. Das habe ich gelernt.

Glauben Sie mir, ich verstehe Ihre Lage... irgendwie. Aber das ist nicht der Punkt. Das Wichtige ist, dass sie meiner Mutter zur Seite stehen sollten. Vor allem, wenn Sie sie wirklich lieben."

Mein Blick wendet kurz ab, dann spricht Rottenmann:

„Du... Dir macht das nichts aus, dass ich deine Mutter liebe?"

Mit ruhigem Gewissen sehe ich ihn nochmal an.

„Vielleicht verstehe ich nicht alles, aber ich akzeptiere es", weiter, „Und glauben Sie mir, so wie Sie meine Mutter ansehen, hat es noch nie jemand getan. Ich weiß, dass Ihre Worte wahr sind."

„Du bist ein sonderbares Kind, Alex."

Ja, ich bin ein sonderbares Kind, das genau weiß, woher dieser sehnsüchtige Blick kommt. Diese Wärme im Körper und das Kribbeln im Bauch, wenn diese eine Person den Raum betritt. Ich weiß es selber nur zu gut, Stefano.

-Dienstagmorgen-

Die Suche nach dem Dokument meines Vaters wird fortgesetzt. Behutsam räume ich die Kästen aus. Zuerst die, wo die Kerzen drinnen stehen, dann die, wo die Bücher sind. Aus Respekt meide ich die Garderobe des Priesters und die Aufbewahrungsschränke der Hostien und des Weines. Pater Luis wird mich anrufen, sobald er darin etwas

Verdächtiges findet. Stattdessen versuche ich mein Glück in den Bücherseiten. Vergebens. Nirgends scheint ein Dokumentumschlag oder ein Brief zu sein. *Verflucht... Ich treibe mich hier noch in den Wahnsinn.* Nachdem ich aufgeräumt habe, verschließe ich die Sakristei und verlasse das Gotteshaus durch die Hintertür. Während meine Füße an den Gräbern entlang um die Kirche wandern, grollt mein Magen. *Zeit zum Mittagessen. Vielleicht sollte ich in die Stadt fahren. Oder besser zu Hause was kochen?* Schließlich nehme ich doch den Bus in die Stadt und steige an der Brücke aus. Mein Magen leitet mich zum nächsten Koch, doch ich beschließe vorher noch bei Meikes Café vorbeizuschauen.

„Hallo!", rufe ich beim Eintreten, doch mein Gruß wird vom Glöckchen übertönt.

Besser so, denn die Bude ist komplett voll. Mich scheint niemand zu beachten, bis auf Jenny, meine Kollegin:

„Na, holla! Bist du auch wieder mal im Lande?"

Grinsend erkläre ich, dass ich nie weg war.

„Klar. Hast uns von heute auf morgen völlig allein gelassen. Wie schaut's aus? Packst mit an?"

„Hör mal", meine Stimme bleibt ruhig, „ich wollte nur kurz bei Meike vorbeischauen und-"

Sie wirft mir meine Schürze entgegen und presst ein Tablett an meine Brust:

„Komm. Der Ansturm wird sich nicht von selbst bedienen."

„Der Ansturm wird sich nicht von selbst bedienen…", meckere ich ihr lächelnd nach.

„Beweg dich!", ruft Jenny auf dem Weg zur Terrasse. Tatsächlich wurde ich soeben gegen meinen Willen zum Arbeiten gedrängt, doch es funktioniert. Mit einer herzlichen Fröhlichkeit und warmen Lächeln serviere ich die Bestellungen und kümmere mich um die Kunden. Ohne es zu merken, vergeht eine halbe Stunde und nach einer kurzen Verschnaufpause frage ich bei Jenny nach, wo Meike steckt.

„Sie ist im Büro oder im Hinterzimmer. Keine Ahnung, was sie so lange treibt."

Verwundert gehe ich zu meiner Tante und finde sie schließlich im Lagerraum.

„Hey, brauchst du Hilfe?", hallt meine Stimme durch die Regale.

Ihr zartes Köpfchen späht über ein paar Kisten und der Blick richtet sich auf meine Schürze

„Machst du doch eh schon!"

Der Punkt geht an Tantchen.

„Was 'n los bei dir? Warum habt ihr heute so einen Ansturm?"

Die Frage ist berechtigt und Meike antwortet mit einem Seufzen:

„Es ist ein schöner Tag und so wie es aussieht, hat da

jemand ganz schön Werbung fürs Sperling Café gemacht."

Schließlich hebt sie eine Kiste mit Flaschen hoch und stapft an mir vorbei. Mit einem Ruck setzt sie diese auch schon wieder am Flurboden ab.

„Vielleicht ein Spitzel oder irgendein Promi. Auf alle Fälle werden die Leute immer süchtiger nach meinen Mehlspeisen. Mir gehen langsam die Kuchen aus."

„Dann back nicht so gut!", rufe ich empört, „aber ernsthaft... Warum hast du mich nicht angerufen? Ich wäre schon gestern wieder arbeiten gekommen."

In diesem Moment beginnt mein Magen erneut zu knurren und das in einem bedrohlichen Ton. Meike sieht mich unglaubwürdig an:

„Iss besser mal was, bevor du mir noch umkippst. Und... Hilf uns bitte bis Freitag. Samstagvormittag mach ich dann wegen Überlastung dicht."

Wie ein Zinssoldat salutiere ich:

„Jawohl, Chefin!"

Ich ackere noch ein paar Stunden, ohne zu meckern. Hier und da summe ich ein Liedchen oder murmele einfach vor mich hin. Es ist kurz vor 17 Uhr, da fängt mein Handy an zu vibrieren. Mit eiligen Schritten verschwinde ich in den hinteren Bereich, um abzuheben.

„Hallo, Herr Fuchs."

Die bekannte Stimme von Oliver dringt in mein Ohr:

„Grüß' dich, Alex! Sag mal, willst du dein Auto nicht abholen?"

Verdutzt versuche ich nachzufragen, was Kay's Vater mir damit sagen will:

„Entschuldigung, aber ich versteh' nicht ganz. Die Ersatzteile sind doch noch gar nicht da, oder?"

„Ach, herrjemine! Ich dachte du wüsstest das bereits. Mein Sohn hat dich ja deswegen versucht zu erreichen. Ich hab' mich ja schon gewundert, warum du dann so schnell abgehauen bist."

Ich erinnere mich... das war der Tag, an dem wir gestritten hatten. *Deshalb hat er so panisch versucht mich zu erreichen.* Oliver Fuchs fährt fort:

"Wie auch immer... Die Teile sind vor zehn Tagen schon angekommen und das Auto wurde vergangene Woche fertiggestellt. Du kannst es jederzeit abholen kommen!"

Es dauert ein Weilchen, aber sogleich muss ich lachen. *Endlich ist wieder ein bisschen Glück auf meiner Seite.*

„Vielen herzlichen Dank!", mein Gesicht strahlt vor Freude, „ich werde den Betrag gleich bezahlen. Wie viel..."

„Ach, Herrgott. Deine Mutter hat ja schon alles bezahlt! Komm die Karre einfach abholen, ich brauch den Platz in der Werkstatt."

Dankbar für seinen Humor und beruhigt durch diese

tolle Nachricht, teile ich ihm mit, dass der Wagen noch heute Abend weg sein wird.

Meike wirft mich förmlich aus dem Lokal, als sie vom Anruf erfährt und schließt mit den Worten „Hol' das Ding und komm erst wieder, wenn du's angemeldet hast!" hinter mir die Türe. *Herrlich, wenn man solch eine nette Familie hat.* Ich erreiche den Bus, fahr zur Werkstatt und betrete mit Bedacht die Halle. Durch die Büroscheibe sehe ich den Chef persönlich und begrüße ihn mit der winkenden Hand. Er lächelt und kommt zu mir in die Halle:

„Grüß' dich! Der Wagen steht da hinten. Komm, sehen wir uns das gute Stück mal an."

Wie ein Kind, das sich auf dem Jahrmarkt eine Stange Zuckerwatte kaufen darf, laufe ich ihm nach.

„Wow", ist das einzige, was ich herausbringe, während er mir den Wagen zeigt.

Das Blech glänzt, die Scheiben wurden geputzt und selbst der Staub im Innenraum ist verschwunden.

„Kay hat das gute Stück ziemlich aufpoliert. Kaum zu glauben, dass es schon fast 100.000 km auf dem Buckel hat."

Mein Verstand will den Augen nicht trauen. *Das kann doch nicht der gleiche Wagen sein, denn sie mir damals gezeigt haben. Niemals!* Ich zweifle:

„Das ist doch nicht der Ford Focus den meine Mom mir geschenkt hat, oder?"

„Doch!", er wiederholt sich, „mein Sohn hat das gute Stück sauber hergerichtet. Es kommt mir sogar vor, als ob er seit letzter Woche nochmal drüber geputzt hat... Hm, schon komisch."

Dieser Vollidiot.

„Wo ist er denn? Ich will mich bei ihm bedanken."

Herr Fuchs dreht sich um:

„Normalerweise am Schrottplatz. Aber ich habe keine Ahnung, wo sich der Bursche schon wieder rumtreibt."

Kurz bevor er geht, dreht er sich nochmal zu mir:

„Ach! Hier ist der Schlüssel. Alles ist bezahlt, du brauchst ihn nur noch anzumelden. Bring mir die blaue Tafel demnächst mal zurück, ja?"

Nickend bedanke ich mich und gehen noch einmal um das Auto. *Ein Ford Focus... Baujahr...2005? Wow, mein erstes eigenes Auto.* Diesen Moment muss man sich wirklich mal auf der Zunge zergehen lassen. Doch sogleich gehe ich zur bereits offenen Stahltüre, um den Hinterhof zu betreten. Der Platz ist menschenleer und nur ein paar bewachsene Schrottteile und stehende Fahrzeuge zieren den Asphaltfleck. Mir sticht der dunkelgrüne Jeep ins Auge, an dem wir vergangene Woche geredet haben. Besser gesagt, gestritten. Ich blicke mich mehrmals um, doch nirgends scheint der rotäugige Trottel zu sein. Noch während ich mich dem Schrottwagen nähere, bemerke ich die Zigarettenstummel am Boden. Ich brauche gar nicht zu zählen, um zu wissen, dass es mehr sind als letztes Mal. *Merkwürdig... eine von ihnen glüht sogar noch.*

Kapitel 9: Ethos

-zwei Wochen später-

Den Wagen habe ich angemeldet und auch die blaue Tafel brachte ich vor ein paar Tagen zurück. Nein, ich hatte kein Vergnügen, den Trottel zu treffen. Auch meine Nachrichtenbox bleibt leer. Zu meinem Bedauern kam Sebastian zurück, jedoch passierte nichts Bemerkenswertes. Mein Plan, den Wagen heimlich am Parkplatz beim Waldrand stehen zu lassen, ging auf. Noch hat der Alkoholiker nichts mitbekommen. Es gibt keine Neuigkeiten bezüglich des Dokuments, der Arbeit oder dem Zustand meiner Mutter. Alles blieb gleich. Bis auf heute.

-Mittwoch-

„Natürlich wollte der Typ was von mir, aber ich habe ihn einfach ignoriert. Doch um ehrlich zu sein, war er schon süß.... „
„Was ist mit Jakob?"
„Jaja, er ist eh noch da. Ich mein ja nur, aber keine Sorge. Nichts kann meinen Freund toppen."
„Aha...", so vergeht eine ganze Stunde am Telefon mit Kathi.
Interessant ist, dass ich selber nicht mehr weiß, worum es nochmal ging.
„Also hat er mir den Flyer in die Hand gedrückt und ging weiter zu irgendeinem Püppchen... Arsch... aber

du kommst doch auch, oder?"

„Hm?", mit dem Mund voller Chips frage ich, „Waf? Wohin?"

„Zum Fest! Mensch, ich red' doch schon die ganze Zeit davon!"

„Ahhh.... Nö, ich hab' keine Zeit. Sorry."

„Oh nein, du musst Freitag arbeiten?"

„Ja! Freitag, harter Job. Samstag hab' ich dann wieder frei. Kollege springt ein."

„Ach schade... Naja. Gut, dass die Feier am Samstag ist. Ich hol dich ab!"

Verdammt...

„Du bist fies..."

Ihre Stimme droht:

„Keine Wiederrede, du möchte gern Faulpelz!"

„Ich maaaag niiiicht...", protestiere ich erneut mit vollem Mund.

„Schatz, das ist mir sowas von scheißegal. Du kommst."

Naja, zumindest kann ich sie nach ein paar Minuten davon überzeugen, dass ich Fahrer spiele und sie und Jakob abholen werde. Ein „Jaaa! Ich darf trinken!" hallt dankbar durch den Hörer.

-Samstag, 19. Juni-

18:15 zeigt die Uhr an, während wir in den Parkplatz einfahren. Die kreischende Kathi voraus und mit Jakob und mir schlendernd hinterher, betreten wir die Anlage der Kellinger. Heute mit freiem Eintritt.

„Getränke an den Theken, Essen im Hauptgebäude und Disco beim Zubau neben der Terrasse", begrüßt uns ein Angestellter des Gasthauses. Ballons, Girlanden und Lichter schmücken das Gebäude in der Dämmerung. Gleich zu Anfang begegnen wir alten Bekannten und Freunden. Mitten unter ihnen, die Gastgeber. Sie feiern mit, als wären die Eltern nicht im Haus.

„Die können sich das leisten. Seb würde mich mit einer Flinte jagen, wenn ich eine Fete schmeiß!", flüstere ich in das Ohr meiner Freundin.

Die Disco ist voll mit jungen Leuten, doch es ist genug Platz zum Tanzen. *Oh-je.* Aus dem Nichts kommend, fühle ich mich unwohl. Ein Gefühl von Fremdscham und peinliche Gedanken verleiten mich zum Frieren. Ich komme gar nicht aus meiner Starre heraus, es fühlt sich einfach so krass falsch an, dass ich auf der Stelle umdrehen und abhauen will. Kathi hält mich fest.

„Komm jetzt! Trink mal was! Du wirst es brauchen!", ihre Stimme schrillt durch die Lautstärke des Basses. Es ist zu laut, viel zu laut.

„Ich darf nicht!", schrei Ich zurück, „ich bin doch der Fahr-„

Kräftig am Arm gepackt, schleift sie mich zur Bar und schreit über den Tresen:

„Zwei Eristoff!„

Eristoff? Scheiße... Ich bin doch gar nicht zum Abfüllen geeignet! Doch es ist bereits zu spät. Sie drückt mir die Flasche in die Hand und will anstoßen. Den Wunsch gehe ich ihr zwar noch nach, doch nach dem ersten Schluck ist Schluss bei mir. Ich sage ihr mit lauter Stimme, dass ich aufs Klo müsste und drücke auf dem Weg dorthin irgendjemanden die Flasche an die Brust. Ja, ich mag Alkohol, aber nach dem Autounfall meiner Mutter, gehe ich kein Risiko mehr ein.

Im Spiegel checke ich mein Aussehen, was akzeptabel genug ist. *Kaum zu glauben, dass ich hier bin.* Nach der Pinkelpause kehre ich zu meiner Gruppe zurück, die schon kräftig am Feiern ist. *Halleluja, das war doch erst die ERSTE FLASCHE!* Meine liebe Freundin tanzt, und singt zum Song, wie kein anderer. Zu ihrem Glück, steigen die Leute um sie herum schnell mit ein. Man wird völlig von der Menge mitgerissen. *Hilfe.* Nach meinem Kampf durch die Gruppen, stehe ich wieder neben Kathi und es wird ruhig. Die sanfte Stimme einer Frau ertönt aus den Lautsprechern. Sie singt zu einem Klavier. Die Worte ,Just gonna stand there and watch me burn' hallen in meinem Kopf wider. Kathi nimmt mich bei der Hand und fordert mich auf, mit ihr neben der lauschenden Menge zu singen. Ich weigere mich, doch wie bei jedem Song, der das Herz berührt, hält das nicht lange an. Nach dem letzten Satz der Sängerin steige ich mit ein:
„I can't tell you what it is, I can only tell you what it feels like."
Die Melodie nimmt ihren Lauf, die Menge singt. Mit jedem Gedanken fühle ich mich an die Erinnerungen mit Kay verankert. Sein Gesicht, die Augen, alles erscheint vor mir. Der Text ist auf English, doch ich

verstehe jedes einzelne Wort. Ich fühle jeden Satz des Sängers und jede Silbe, die schmerzend an meinem Herz kratzt. *Scheiße, es tut weh, aber auch verdammt gut.* Und die Menge ruft:
„Just gonna stand there and watch me burn! "

„Lass uns mal raus, ich brauch etwas, dass nennt sich LUFT!", schreit sie nach dem zwölften Song.
Diesmal ist es Jakob, der vorausläuft. Vor der Türe setzt sich meine Freundin auf einen Stein und natürlich bietet ihr ihr Freund die Jacke an. *Was für ein Gentleman. Und wer bringt mir was Warmes?* Hier und da reden wir über die nette Feier und auch über die bekloppten Leute die wir bisher getroffen haben.
„Mensch, ich wusste gar nicht, dass du bei Linkin Park so abgehen kannst", bemerkt Kathi nüchtern und sachlich.
Ich hingegen antworte hysterisch:
„Du hast das bemerkt?!"
„Alter", sie verdreht die Augen, „ich stand neben dir!"
Jakob schmunzelt und mir fällt auf, dass er keine Kippe in der Hand hält.
„Hast du aufgehört zu rauchen?", erkundige ich mich und sein stolzer Blick verrät alles.
Ein letzter Kommentar von Kathi und wir kehren zurück in die Disco. Irgendwann gehen wir was essen und trinken. Alle bestellen Alkohol, ich natürlich Apfelsaft. Bis mir schlecht wird, dann wechsle ich auf Cappy.

Jakob unterhält sich seit einer halben Stunde schon mit irgendeinem Typen, Kathi und ich schwätzen am Stehtisch daneben.

„Der DJ ist echt super heute! Ich freu mich voll, dass du mitgekommen bist", schwärmt sie.

„Hatte ich eine Wahl?"

Sie grinst wortlos. Tatsächlich können wir hier auf der Terrasse jedes Lied hören, das gerade nebenan in der Disco gespielt wird. Dies verleitet uns oft zum Mitsingen, doch wir beschließen sobald aufzuhören, wenn uns jemand der älteren Gäste anstarrt. *Ich trinke einfach weiter aus meinem Strohhalm in der Hoffnung, dass mich keiner kennt.* Ja, klar. Diese „Hoffnung" wurde mit einem Klatsch auf meine Schulter zu Nichte gemacht.

„Alex!", schreit ein Typ mit Freude und sogleich ausgestreckten Armen, „verdammt schön, dass du da bist!"

„Hey!", ich erwidere eine Umarmung.

Sein Lachen ist echt reizend. Es fühlt sich irgendwie gut an, willkommen zu sein. Er wendet sich zum Gehen:

„Lasst es krachen, ihr zwei Hübschen!"

Kathi und ich winken ihm wie zwei Kinder nach, jedoch sieht sie mich gleich daraufhin verwirrt an:

„Wer zum Geier war das?"

„Ich habe keine Ahnung", gestehe ich und sauge weiter an meinem Strohhalm.

Kurz danach trifft eine Clique auf uns, genauer gesagt Jessys Clique. *Oh Gott, bitte nicht.* Sie grüßen uns, umarmen Kathi und fragen, wie wir die Party bisher so finden. Ich überlasse meiner Freundin das Reden und schlürfe währenddessen mit dem Strohhalm im Glas herum. Das Einzige, das mir auffällt, ist Jessicas Aussehen. Sie hat sich wirklich für heute Nacht herausgeputzt. Ich würde leugnen, wenn sie nicht einem Model entspräche. Leider bemerkt sie meine Blicke und ich gestehe:

„Tolles Outfit. Mir gefällt dein Makeup."

Kurz überrascht und dann mit feinem Lächeln bedankt sich Jessy:

„Danke. Das ist wirklich nett von dir."

„Ich sag nur die Wahrheit", und schlürfe weiter am Glasboden entlang. *Da ist ja wirklich nichts mehr vom Saft drinnen. Scheiße...* Aus dem Nichts schreit eine von den Möchtegern-Models auf:

„LADY GAGA! Es läuft Lady Gaga! Kommt!", und zieht per du die komplette Schlange mit in die Disco. Jessica schreitet wie ein eleganter Schwan hinterher. Daraufhin sieht Kathi mich mit einem Blick an, der Bände spricht, doch sie unterstreicht ihn mit einem „Ernsthaft?".

„Was ist?", ich klinge verständnislos.

Sie klärt mich grinsend auf:

„Du hast gerade deiner Erzfeindin ein Kompliment gemacht."

Mein leerer Gesichtsausdruck deutet auf totale Ignoranz hin. Vielleicht, weil ich ihr in diesem Moment nicht sagen will, welchen Hass ich unterdrücken muss. Stattdessen ziehe ICH sie unfreiwillig mit in den Partyraum und kommentiere:

„Komm, sie spielen Lady Gaga."

Natürlich musste auch dieses Mal genau das passieren, was auf jeder Party passiert: Ich habe meine Gruppe verloren. Naja, wie soll ich das erklären? Jakob hat Bekannte getroffen und ist mit ihnen samt Kathi irgendwo hingegangen. Meine Freundin nahm auf mich Rücksicht und meinte, sie werden mit diesen ‚Bekannten' mitheimfahren. Aber, um ehrlich zu sein, bin ich ihr überhaupt nicht böse. Es war ein wirklich angenehmer Abend und man soll ja aufhören, wenn es am schönsten ist. Vor allem, wenn man, wie ich, schon Kopfweh hat.

Ok, das Auto sollte irgendwo in der zweiten Reihe stehen. Oder habe ich in der dritten geparkt? Verwirrt sehe ich mich um und finde es nach einer kurzen Suche heraus. Es trennen mich nur ein paar Meter von der Fahrzeugtüre, da höre ich einen männlichen Aufschrei:

„He, du Arsch!"

Mit verdutztem Blick sehe ich in die Richtung der Stimme und checke schnell, das nicht ich gemeint war. Ein zwei Meter Riese steuert mit breiten Schritten auf ein Fahrzeug 80 Meter von mir entfernt zu. Er hat ein kleines Gefolge von Männern dabei, jedoch kann man bei der Dunkelheit ihre Gesichter nicht erkennen. Ich werde neugierig, als er anfängt die Leute bei den Fahrzeugen wegzuschubsen und nähere mich langsam dem Geschehen.

„Was willst du?", fragt eine mir zu vertraute Stimme. Der Riese schreit und flucht:

„Halt die Fresse, du Hund! Du hast NICHTS mehr in ihrer Nähe verloren! Hast du das verstanden?!"

Das Gefolge steht der Gruppe bei den Fahrzeugen gegenüber. Die einen lehnen sich noch in aller Ruhe mit ihren Bierflaschen gegen die Autos, die anderen sind schon bereit für eine Tracht Prügel. *Was... Wovon redet er eigentlich?* Aus dem Nichts greift der Riese nach dem Hemd seines Sündenbocks und zieht ihn an sich. Die dunkle Flasche fällt auf den Boden und im Schein der Laternen erkenne ich die Gesichter. *Marco... Das ist Marco! Scheiße, der Typ soll ja irre sein... Was macht er hier?! Wieso schreit er so?* Ich traue mich noch ein paar Schritte näher heran, dann erkenne ich auch mit dem nächsten Satz den anderen: „Lass mich los! Ich hab' Jessy nicht mal gesehen! Verdammt, WAS WILLST DU VON MIR?!", schreit der Fuchs.

Kein Zweifel: Marco hat es wieder auf Kay abgesehen und jetzt sehe ich es sogar mit eigenen Augen. Dank eines festen Ruckes schafft er es, sich aus dem Griff zu befreien. Die Argumentation geht jedoch weiter:

„Du Wichser sollst dich von ihr fernhalten und nimm bloß nicht ihren Namen in deinen Drecksmund!"

Auch seine Kompagnons haben mittlerweile begriffen, dass der Spanier völlig den Verstand verloren hat. Sie wollen ihn zum Gehen überreden, doch er lässt einfach nicht locker. Nach einigen Flüchen und Beschimpfungen, hält er dann doch die Klappe. Kay bleibt erstaunlich ruhig. Es sieht so aus, als ob er die Situation nicht einmal ernst nimmt. Marco fängt an nüchtern zu reden:

„Sie hat geheult wegen dir. Warum hast du sie so

verletzt?"

„Ich habe sie nicht-", will der Fuchs gegensteuern, wird jedoch unterbrochen.

„WARUM?!", schreit der andere erneut und meint, „ich weiß warum..."

Jeder ist still, nicht einmal Kay widerspricht ihm.

Er hört seinen Anschuldigungen zu:

„Weil du krank bist."

Kurz denke ich, dass sich alle beruhigt hätten, doch noch im selben Moment holt Marco aus und verpasst dem Fuchs einen mächtigen Schlag ins Gesicht. Kay taumelt, er fällt und hält sich die Hand an den Mund. *SCHEISSE! WAS ZUM-?!* Ich kann diesen Schachzug kaum verdauen, da kickt Marco auch noch mit einem Fuß in seinen Körper hinein. *Warum wehrt er sich nicht?!* Ich zittere, es ist grauenhaft. Die anderen sind gleich geschockt wie ich und stehen ebenfalls erstarrt da. Keiner sagt ein Wort, doch Marco schreit:

„Du SCHWULER HUND hast es nicht verdient, zu leben!", und tritt weiter auf ihn ein.

Ich greife nach meiner Kette an der Brust. Mein Herz rast.

Ich kann es nicht glauben. Was soll ich tun? Soll ich etwas tun?

Entscheidung

Nein, ich kann nicht. Komm, Alex. Sieh weg. Es ist besser so. Aber, Kay…. Nein. Nein! Er hat mich verletzt, mich verachten und verlassen! Ich kann es ihm nicht verzeihen, dass er mich allein gelassen hat. Er hat mich hintergangen, er hat… meine Mutter…. Nein. Ich werde nichts tun. Das ist seine Sache, seine Angelegenheit. Ich darf mich nicht einmischen. Ach, ich will mich gar nicht einmischen. Ich… ich habe kein Mitleid mit ihm.
Das… das ist keine Liebe.
Es ist eine Sünde… ja, eine Sünde. Er ist meine Sünde.
Gott? Vergib mir, ich gestehe, dass es falsch war. Ich gestehe meine Fehler ein.
Ich drehe mich um und gehe zum Auto. Ohne Worte steige ich ein und fahre los.

[Wählst du diese Entscheidung, dann lies bitte bei **Kapitel 10 „Adolebitque"** weiter.]

Aber, ich kann ihn doch nicht allein lassen. Er ist mein Freund. Er war immer für mich da. Immer. Damals hat er mich aufgefangen, mich beschützt. Und jetzt? Jetzt stehe ich wie angewurzelt da und tue NICHTS während er zusammengeschlagen wird. Scheiße, es zieht wieder in meiner Brust. Es tut höllisch weh... Warum? Warum ist dieses Gefühl noch da? Ich... Ok, Alex, bleib ruhig. Atme durch. Das Klopfen in der Brust, das Rascheln im Bauch. Dieses Gefühl ist wieder da.
Ich liebe ihn, verdammt. Aber es...
Es ist eine Sünde... ja, eine Sünde. Er ist meine Sünde... und ich gestehe sie ein.
Mir egal, was die anderen sagen. Ich kann nicht wegsehen. Ich muss etwas unternehmen.
Ich schaue vom Boden auf, wende meinen Kopf zur Szene und schreite vorwärts.

[Wählst du jedoch diese Entscheidung, dann lies bitte bei **Kapitel 11 „Respirare"** weiter.]

Kapitel 10: Adolebitque

Der Motor brummt unter meinen Füßen, ich schalte einen Gang höher und fahre die Landstraße entlang.

Es wird schon wieder. Irgendwie. Den Wagen beim Waldrand geparkt, spaziere ich zurück zum Haus meines Stiefvaters. Ich schleiche mich hinein und verschließe - wie üblich - die Zimmertür mit dem Schlüssel. Mein Körper fällt ins Bett und kurz darauf schlafe ich ein.

-Sonntagmorgen-

Die Sonnenstrahlen dringen in mein Zimmer, erhellen den Raum. Sonnenaufgang.

Mit der Teetasse in der Hand stehe ich vor dem Fenster. Ich konnte nur ein paar Stunden schlafen, wurde aber von einem flauen Gefühl im Magen geweckt. *Es war wirklich eine tolle Nacht.* Die Uhr schlägt 7 und ich beschließe, mich sogleich auf den Weg ins Krankenhaus zu machen. Es ist schon etwas her, seitdem ich meine Mutter das letzte Mal besucht habe, es wird Zeit. Mit einem Strauß Wildblumen am Beifahrersitz fahre ich auf der Autobahn entlang und lausche dem Radiosprecher. Nachdem ich das Treppenhaus und die breiten Flure passiert habe, öffne ich die Türe von Zimmer Nr. 320. Schwere Schritte bewegen mich zum Bett mit dem reglosen Körper.

„Hallo, Mama. Schau, die sind für dich."

Ich stecke die Blumen in die Vase, dann nehme ich auf dem Stuhl neben ihr Platz und rede weiter:

„Ich war gestern feiern. War cool. Kathi und Jakob waren auch da. Außerdem habe ich Meike letzte Woche geholfen. Das Kaffee ‚Sperling' läuft wirklich gut. Sie hat eine neue Kuchensorte ausprobiert. Ich wünschte, du könntest sie kosten."

Natürlich erwarte ich keine Antwort von ihr. Nur das Piepen und Surren der Geräte ist hörbar. Kein Wort, keine Rückmeldung.

„Mama?", ich sehe mit einem verzweifelten Blick auf ihre geschlossenen Augen, „ich habe ein schlechtes Gefühl. Ich kann das Dokument nicht finden und… ich habe Angst. Ich habe so Angst, dass es zu spät ist."

Ich beuge mich vor. Die Lippen pressen sich zusammen und der Körper verkrampft sich.

„Wie soll ich das schaffen?"

Keine Antwort.

„Ich brauche gerade mehr als nur Glück. Kay hat mich hintergangen, du wachst nicht auf und Sebastian wird unberechenbarer. Ich weiß nicht, ob ich seine nächste Attacke überleben werde."

Das Fass ist voll, die Tränen fließen. Nur unter Stottern bringe ich den nächsten Satz heraus:

„I-Ich habe Angst. Bitte… L-Lass mich nicht allein."

Es braucht ein paar Minuten und fünf Taschentücher, bis ich mich wieder einkriege. Nur das Piepen und Surren der Geräte ist zu hören, nicht mehr. Ein Blick aus dem Fenster verleitet mich zum Denken:

Wo ist ein bisschen Glück für mich? Kann ich es

überhaupt schaffen? Komme ich hier jemals raus? Aus die-
ser Hölle auf Erden? Ich atme tief durch und senke
meinen Blick, der sogleich die Kette bemerkt. Das
Kreuz schimmert, dank der Sonnenstrahlen und baumelt hin und her. Dann sehe ich auf, blicke zu Mom
und fasse einen Entschluss. Die Hände greifen automatisch zum Band um meinen Nacken und nehmen
den Schmuck ab. Ich stehe auf, beuge mich vor und
lege vorsichtig die Kette um ihren Hals. Kurz nach
dem Verschließen des Häkchens richte ich den Anhänger auf ihrer Brust zurecht.

„Hier", sage ich und setze mich neben sie auf das
Bett, „es soll dich beschützen. Ich weiß, dass ich Fehler gemacht habe. Ich habe eine Sünde begangen.
Aber du kannst nichts dafür. Gott wird bei dir sein,
er wird dich beschützen. Selbst, wenn ich nicht mehr
in der Lage dazu bin."

Jedes Wort wiegt mehr als Gold, so schwer fühlen
sich die Silben an. Ich beginne zu beten:

„Vater, Herr im Himmel, steh uns bei in unseren
schlimmsten Tagen, in unseren schlimmsten Nächten, in unseren schlimmsten Momenten. Bleib bei
uns, halte uns fern vom Bösen, sei da, halte uns wach.
Amen."

Es klopft drei Mal an die Türe, dann öffnet sie
sich. Rottenmann betritt den Raum, ich merke es an
seiner Stimme, die mich wärmend begrüßt:

„Hallo, Alex."

Ich stehe auf, drehe mich um und sehe ihn an. So, als

ob ich eine gute Nachricht von ihm erwarten würde. Er fragt mich:

„Hast du das Dokument schon gefunden?"

Schade, ich dachte ER hätte Neuigkeiten.

„Nein", das ist alles, was ich sagen kann. Betrübt sieht er mich an, lächelt aber kurz darauf:

„Mach dir nichts draus`. Es wird schon auftauchen."

„Und was ist, wenn es Sebastian in die Finger bekommt?"

Er überlegt kurz, sucht nach einer passenden Erklärung:

„Dann... kommt er trotzdem nicht weit. Er hätte sowieso nur zwei Möglichkeiten: Entweder er verbrennt es, oder er geht damit zum Notar. Egal, ob es jetzt schriftlich oder gedruckt ist, bringt es ihm nichts. Solange du atmest, bekommt er keinen Cent."

Und... Was ist, wenn ich nicht mehr atme? Ich weigere mich ihm diese Frage zu stellen. Ich will nicht daran denken. Seine Hand legt sich auf meine Schulter und er lächelt schon wieder:

„Alles gut?"

Es ist eine ehrliche Frage. *Ist alles gut? Nein. Soll ich ihm das sagen?*

„Stefano... Ich habe ein schlechtes Gefühl bei dem Ganzen. Ich weiß nicht, ob es einfach die Angst ist, aber... Ich hätte da eine Bitte."

Sein verwunderter Blick lässt mich nicht abschweifen,

ich sage es gerade heraus:

„Bitte. Egal, was passiert: Bleiben Sie bei meiner Mutter. Sie braucht Ihre Hilfe. Egal, in welchem Zustand sie ist. Bitte."

Eigentlich würde mir ein Nicken reichen, doch er tritt einen Schritt vor und im nächsten Moment umarmt er mich. Eine warme Umarmung, die ich zuerst zögernd, aber dann doch erwidern kann. Seine flüsternden Worte „Ich verspreche es dir", haben mir den Rest gegeben.

-Mittag-

Hoffend, dass es das letzte Mal sein wird, drehe ich den Schlüssel über und öffne das Tor. Die Kirche ist wieder einmal leer, die Besucher sind schon um 10 Uhr gegangen. *Ob Pfarrer Luis die Messe heute pünktlich gehalten hat?* Ich frage mich, wie viele Leute gekommen sind. Meine Gedanken fallen zurück an das Auto, das ich hinter dem Pfarrhof geparkt habe. Ich habe mein Handy liegen gelassen, nachdem mich Kay versucht hat anzurufen. Mit Verachtung habe ich es ignoriert und immer noch stelle ich mir vor, wie es am Beifahrersitz vibriert.

Es vergeht locker eine Stunde und das doofe Dokument ist noch immer nicht in Reichweite. Ich höre schon von weitem, wie es donnert und knallt. Das

vorhergesagte Gewitter hat sich bereits über Kieferberg niedergelassen. Regentropfen prasseln gegen
die hohen Fenster. Es wirkt frischer als sonst, doch
mir ist nicht kalt. Ich suche weiter, unter jeder Holzbank, auf jedem Tisch und auch in den Kästen der
Sakristei. Nichts. Rein Garnichts. Nach einer Weile
setze ich mich auf die Steinstufen und höre dem Regen zu, wie er an das Glas klopft. *Habe ich mich vertan? Kann es überhaupt hier sein?* Abermals denke ich
an den Hinweis meines Vaters:
„Ich habe mit Gott gesprochen..."
*Ist das überhaupt der richtige Hinweis? Ich wünschte, ich
könnte den originalen Brief nochmal lesen.* Keine
Chance. Meine Mutter hat alles verbrannt. Es donnert mit einem lauten Knall, als hätte der Blitz in einen Baum eingeschlagen und dann noch einmal und
noch einmal. Das Unwetter wird immer kräftiger. Ich
bekomme Angst. Kurz darauf ein erneuter Knall und
mir scheint im gleichen Moment das Zufallen der
Kirchentür gehört zu haben. Ich kann es nicht sehen,
die Säulen und Bänke verdecken die Sicht auf den
Eingang. *Nur Einbildung. Ich sollte wieder nach Hause
fahren.* Mit einem Ruck stehe ich auf und schlendere
den Gang zwischen den Bänken entlang und in diesem Augenblick beginnt das Licht zu flackern. *Hm?
Ich sollte es wieder ausschalten. Mal schauen...* Am Ab-
satz drehe ich mich um und will zurück gehen,

zurück zur Sakristei. Dabei scheint mich ein unheimlicher Schauer zu verfolgen. Ich kann nur das Donnern hören, doch spüre zugleich einen schweren Atem im Nacken. Reflexartig dreht sich mein Kopf um und blickt in weit aufgerissene und starre Augen. Eine große dunkle Gestallt steht über mir und schwingt einen Gegenstand in die Höhe. Keine Sekunde später: Ein Schlag. Alles ist schwarz.

-einige Stunden später-

Die Dunkelheit lichtet sich. Ich sehe alles verschwommen. Mir ist schwindelig und kalt. *Wie lange ich wohl ohnmächtig war?* Meine Stimme ächzt und das Atmen fällt mir schwer. Krampfhaft versuche ich mich zu erinnern, was passiert ist, doch nichts scheint in meinen Sinn zu kommen. Ich kann nur kurz die Kirchenstatuen vor meinen Augen sehen, dann erinnere ich mich an einen Schlag auf den Kopf. Mir fällt das Rütteln ein, das mich vorhin geweckt hat. *War ich in einem Kofferraum?* Ich konnte ja einen Motor hören und spüren. Mich musste jemand in ein Auto gezerrt haben. *Scheiße.* Nach meinen Überlegungen beginne ich mich umzusehen. Holz. Der Raum besteht komplett aus Holz. *Eine Hütte vielleicht?* Dielen am Boden, Pfosten die das Dach stützen und Fenster mit hellen Vorhängen. Ich sehe keine Möbel, außer einem Tisch mit drei Stühlen. Ich will mich bewegen, doch irgendetwas hindert mich. Es sind Ketten, die mich an den vierten Stuhl fesseln. Mein Gesicht wendet sich nach hinten. So wie es aussieht ist der Sessel an einen Pfosten gekettet, mit mir. *Gott verdammt! Was mache ich jetzt? Wer zum Henker hat mich hierhergebracht?!* Meine Arme und Beine rütteln, was das Zeug hält, jedoch sind die Ketten zu stramm angezogen, ich komme einfach nicht los. Nach einer Weile höre ich Schritte, die die Treppe herunterkommen und stoppe abrupt mit dem Fluchtversuch. Mein Blick starrt auf die letzte Stufe neben der Türe und erkennt einen mir vertrauten Mann. Ich schreie entsetzt:

„Was soll der Scheiß, Sebastian?!"

Nach dem darauffolgenden Verlangen, mich sofort frei zu lassen, bewegt er sich mit gezielten Schritten auf mich zu. Mein Herz pocht wie wild, mein Ausdruck verkrampft sich. Man weiß, dass der Spaß vorbei ist. Mit dieser Aktion hat er die Grenze überschritten, doch es soll noch weiter gehen. Seine Worte klingen klar und simpel:

„Glaubst du ich bin blöd?"

Was soll ich sagen? ‚Ja, natürlich!' Oder soll ich doch besser den Mund halten? Schließlich entscheide ich mich meine scharfe Zunge vorerst zu hüten und lasse ihn ausreden:

„Hast du wirklich geglaubt, dass ich nichts von all

dem mitbekommen habe? Der Sucherei hinter meinem Rücken?"

Sebastian schwingt eine eiserne Stange mit sich. Sogleich ergreift er diese mit der anderen Hand und betrachtet sie genauer, während er mich, wie ein Raubtier, umkreist. Langsame Schritte sollen sein triumphierendes Auftreten unterstreichen und vor allem seine Worte, die er an mich, dem gefangenen Kaninchen, richtet:

„Ich habe den Brief deiner Mutter gelesen. Ich habe alles mitbekommen. Von der Post deines.... ‚Erzeugers'... bis hin zum versprochenen Erbe."

Meine Miene lockert sich und ich lausche weiter.

„Tagelang habe ich gewartet, bis du dieses SCHEISS TEIL-"

Ein mächtiger Schlag mit der Eisenstange trifft im gleichen Moment auf den Pfosten. Ich zucke zusammen, presse die Zähne auf meine Lippen, um jeden Mucks zu vermeiden.

„WO ist dieses Dokument?"

Sein Antlitz starrt mich an, der bedrohliche Ton zwingt mich zu antworten. Nach einer kurzen Stille schlägt er noch einmal gegen den Balken und wiederholt sich:

„WO IST DIESES DOKUMENT?"

„ICH HABE ES NICHT!", brülle ich.

„Ich schwöre dir, ich habe es nicht! Und wenn ich es

hätte… wäre ich schon längst über ALLE Berge!"

Er knurrt und schnauft, sein Oberkörper hebt und senkt sich. Wiederholt schlägt er auf den Pfosten ein und zieht immer knapper an meinem Ohr vorbei. Ich spüre jeden Luftzug.

„Hör auf!", ruft meine Stimme und erstaunlicherweise hört er sogar auf mich.

Seine zitternde Hand packt meinen Hals, drückt zusammen und die drohende Stimme wiederholt:

„Wo ist dieses Dokument?"

Die Besessenheit leuchtet in seinen zündenden Augen. Es geht ihm nur um das Geld. Er will das Erbe. Nichts anderes. *Soll ich ihn anlügen? Auf eine falsche Fährte locken? Wird er mir irgendetwas glauben? Mein Hals… Ich kann kaum atmen…* Widerstrebend lässt er los, dreht sich mit einem Ruck um und wischt sich über das Gesicht. Ich keuche, atme, versuche es zumindest, und wiederhole mich ebenfalls:

„Ich habe es nicht…"

Nach diesem Satz bleibt er stehen, friert kurz ein und überlegt. *Was will er tun?* Mit einer ruhigeren Art probiert er mir etwas zu erklären:

„Birdsflow Messfeld. Der Name stammt von mir, es war meine Idee. Hm, schon komisch, wie sich die Dinge wenden können. Es war eine Schnapsidee, in einer Kneipe, doch er wollte sie umsetzen. Heute ein Traum und morgen schon Realität… Jahrelang lief es gut. Die Kunden standen Schlange, die Liste war lang. Tag ein Tag aus, ein sorgloses Leben. Und dann... BAM! A-lles weg. Alles. Nichts ist uns geblieben. Nichts, außer ein letzter Betrag. Ein Notgroschen. Angespart über die Jahre. Haha... Wie lange ist es her, seitdem ich diesen Dreckskerl gesehen habe? 10 Jahre? 12?! Weißt du, er hat mir nie eine Antwort gegeben. Wohin er geht, wann er wiederkommt... oder... wo mein Geld bleibt. Mein verdammtes Geld. Hörst du? MEIN GELD!"

Wie ein wildgewordener Verrückter schreit er den letzten Satz heraus. Seine Aggression reicht aus, um einen Stuhl beim Tisch gänzlich zu zerstören.

„Also, Freundchen. Wir machen das jetzt, so... Ich werde dich erst wieder gehen lassen, wenn du mir sagst, wo dieses Dokument ist. Und mir ist es herzlich egal, wie viele Knochen danach noch heile sind. Kapiert?"

Dieser Blick gleicht dem eines Geisteskranken, eines Psychopathen. Ich weigere mich ihm zu antworten und er schreit:

„KAPIERT?!"

„Was-", frage ich schließlich, „was zum Teufel willst du von mir? Ich habe dieses bescheuerte Teil nicht! Und wenn, wärst du der Letzte, der es zu Gesicht bekommen würde."

Meine Augen sehen die Stange in die Luft fliegen,

und der Schlag prallt auf meinen Oberschenkel. Der Schmerz zieht sich in alle Richtungen, die Stelle pulsiert, ein Schrei dringt aus meiner Kehle. *WAS ZUM* – Sebastian erklärt, wie bedeutungslos mein Leben für ihn sei und versucht mich mit seinen Worten zu bemitleiden:

„Du bist nichts wert... Nicht für mich und schon gar nicht für deine verreckende Mutter."

„NIMM DAS ZURÜCK!", hallt es durch den Raum.

„Pah!", er prallt weiter, „schau sie dir an! Sie ist praktisch tot. Du kannst ihr nicht mehr helfen. Du bist noch nie eine Hilfe gewesen."

Erneut beginnt er mich zu umkreisen, erläutert weiter:

„Warum glaubst du, hat dich dein Vater verlassen? Warum glaubst du, haben dich deine Freunde verlassen? Jeder einzelne von ihnen ist davongelaufen. Sie haben dich alleine gelassen... Weil dich niemand braucht. Niemand."

Halt dein Maul... HALT DEIN MAUL. Nichts. Kein einziges Wort meiner Gedanken wagt es, den Mund zu verlassen. Ich habe Angst. Mein Körper zittert, die schmerzende Stelle pulsiert und das Herz pocht, wie bei einem Horrorfilm. Ich kann es bis in den Hals spüren.

Stunden vergehen, ohne, dass er mich alleine lässt. Weitere Aufklärungen über mein ach so

wertloses und unnützes Leben, drücken mich see-
lisch zu Boden. Die Versuche, mich dagegen zu wehren, habe schon längst aufgehört. Ich lasse jedes Wort
auf mich einprasseln, wie kühler Regen auf heiße
Haut. Sein eiserner Schläger prallt weiter auf meine
Arme und Oberschenkel ein. Einmal, gezielt auf den
Bauch getroffen, spucke ich Blut. Der Geschmack
hängt seitdem in meinem Mund herum. Es ekelt
mich an, wie es von den Lippen tropft. Jeder Muskel
tut scheiße weh. Ich habe das Gefühl, dass der Körper zerfällt. Es pocht alles. Die Gedanken fliegen wirr
in meinem Kopf herum. *Mama? Bin ich wirklich so
wertlos für dich? Warum hast du mir dann dieses Versprechen gegeben? Das Versprechen, dass wir abhauen
würden? Bin ich wirklich ein so schreckliches Kind? Warum... Warum? Ich vermisse dich, Mama. Hilf mir doch.*
Keine Antwort. Keiner, der die Türe eintritt, keiner,
der diese Bestie stoppt, keiner, der mich befreit. Ich
frage mich, ob noch jemand an mich denkt. Ob Gott
überhaupt noch an mich denkt?

Jugendliche in meinem Alter, rebellieren gegen
die Kirche, streben sich dagegen auch nur in ihrer
Nähe zu sein. Sie haben keine Angst. Im Gegenteil:
Sie freuen sich alle auf das sogenannte ‚Höllenfeuer‘
und, dass sie mit Satan zu Abend essen können. Der
letzte Funken Respekt ist schon lange erloschen. Niemand von ihnen glaubt an Gott, denn Gott hat sie ja

verlassen. Und ich? Ich wurde anders erzogen. Mir wurde gelehrt, dass es einen Gott gibt und dass er auf mich aufpasst, mir zusieht. Doch es gibt auch welche, die mir etwas anderes erzählen. Sie sagen, dass der Herr meine Fehler bemerkt, meine Sünden zählt und das Fegefeuer mich nach dem Tod ergreifen wird. Es wird mich packen und bei lebendigem Leibe verbrennen. Ein Schauer läuft über meinen Rücken. Ich habe Angst und beginne in Gedanken zu beten:

Ich bekenne Gott, dem Allmächtigen, und allen Brüdern und Schwestern, dass ich Gutes unterlassen und Böses getan habe. Ich habe gesündigt in Gedanken, Worten und Werken. Durch meine Schuld, durch meine Schuld, durch meine große Schuld. Darum bitte ich die selige Jungfrau Maria, alle Engel und Heiligen, und euch, Brüder und Schwestern, für mich zu beten bei Gott, unserem Herrn. Amen.

Eine Weile später, stoppt er abrupt mit der ‚Befragung‘ und kehrt zurück in den oberen Stock. Schwer wie ein Stein hängt mein Kopf herunter. Ich sehe die Dielen am Boden, frage mich erneut, wo ich bin, und wann das alles aufhören würde. Flüche jeglicher Art sollen ihn zunichtemachen, doch ich habe das Gefühl, dass mich kein Engel dieser Welt hören kann. Niemand wird mich mehr hören. Kein Retter wird erscheinen. Niemand weiß, wo ich bin. Der schlimmste Stiefvater des Jahres stapft erneut die Stufen herab und trägt zudem zwei Kanister bei sich. Mit schweigenden Lippen und einem starren Blick sehe ich ihm zu, wie er das Innere eines Behälters im Raum verteilt. Die Flüssigkeit rinnt zwischen den Bodenrissen, eine Spur zieht sich durch den Türspalt nach draußen und eine weitere zu mir. Den anderen Kanister schüttet er über mich.

„Was tust du- HÖR AUF, VERDAMMT!"

Doch er unterbricht mich mit dem Satz:

„HALT DEINE FRESSE, DU DRECKSVIEH!"

Während er den Rest im Raum verteilt, flucht er über meine Existenz und jede Sekunde, in der er mich sehen musste:

„Von Anfang an, habe ich dich gehasst. Und ich schwöre dir, dass du es bereuen wirst, mir das Dokument nicht gegeben zu haben."

Der leere Behälter wird daraufhin gegen meine Seite geworfen, der Aufprall ist dumpf und hart. *Was zum Henker habe ich getan? Was habe ich getan, um das hier zu verdienen?! WARUM?!* ... Ich atme auf, heule, schreie und flehe ihn an, mich los zu lassen. Mich zu befreien. Doch keines meiner Worte dringt in sein Ohr. Sebastian öffnet die Türe, schreitet nach draußen und dreht sich zu mir um. Sein letzter Satz ertönt mit einem ruhigen Gewissen, als würde er mich loben:

„Keine Sorge. Ich werde dafür sorgen, dass sie deine Überreste niemals finden werden."

Ein feines Grinsen und er lässt das Streichholz fallen. Mein Atem stockt, die Augen starren auf die Pfütze und die Zeit scheint still zu stehen. Flammen steigen auf. Zuerst kleine, dann große, welche die Wände hinaufklettern und die Möbel verschlingen. Rasend fliegen sie auf mich zu. Von unten ergreifen sie meine Beine, bedecken die Flecken auf meiner Kleidung. Es ist heiß, viel zu heiß. Alles brennt, alles steht in Flammen und nur er steht seelenruhig da und schaut mir zu, wie bei einem Film.

Meine Stimme und das Knistern des Holzes klingen dumpf in meinem Ohr. Ein Gefühl, als wäre ich taub und niemand hört mein Schreien. Der Hals brennt vom Kreischen, die Arme schmerzen vom Anziehen, doch die Ketten sind zu stramm. Sie schneiden in meinen Körper, zwingen mich hier zu bleiben.

Worte anderer hallen in meinem Kopf wider, als wären sie gegenwärtig.

„Man sollte dich anbinden, du…"

„Du schläfst seelenruhig in der Höhle des Löwen. Ist dir das bewusst?"

„Du bist eine SCHANDE für die Familie!"

„Anscheinend hat er versagt…"

„Das Auto wurde kurz vor der Fahrt manipuliert. Möglicherweise haben Sie ja was damit zu tun."

„Du SCHWULER HUND hast es nicht verdient, zu leben!"

Habe ich das? War alles wirklich wertlos? Jedes meiner Worte? Alles, was ich getan habe? Beißend ergreift mich die Hitze, das wütende Feuer breitet sich nach oben aus. Der Blick nach draußen zeigt mir, dass die Welt in Flammen steht.

WALDBRAND VERURSACHT FLÄCHENSCHADEN

Am Wochenende kam es zu einem Großbrand in Messfeld bei Hallenstein. Die Löschvorgänge der Feuerwehr dauerten bis in die Morgenstunden an, um das Feuer am Hallenstein-Hügel unter

Kontrolle zu bekommen. Die Waldhütte im Inneren des Gebietes wurde in Schutt und Asche gelegt. Das Feuer sei von diesem Gebäude ausgegangen, so Einsatzleiter Jörg Klaus von der Feuerwehr. Noch vor dem vollendeten Löschvorgang, kann ein Flächenschaden von mehreren Hektar festgestellt werden. Zwei schwer verletzte Camper wurden ins nahegelegene Krankenhaus geflogen. Weitere Opfer sind noch nicht bekannt.

Kieferberg, Donnerstag 24. Juni 2010

JUNGE MANN VERMISST

Schon seit vier Tagen wird der junge Mann Alex Weiss vermisst. Seine Tante ging nach mehrmaligen Versuchen, ihn telefonisch zu erreichen, schließlich zur Polizei. Der Junge arbeitet im Kaffee seiner Tante als Kellner und erschien nicht mehr zu den entsprechenden Arbeitszeiten. Großräumige Suchaktionen und Befragungen in den

Freundes- und Verwandtenkreisen haben noch keine Ergebnisse erzielen können.

Sollten Sie Informationen oder Hinweise zu dem Vermissten haben, melden Sie sich bitte unter 0664/8736058-- oder bei der nächstgelegenen Polizeistelle.

Kieferberg, Freitag 25. Juni 2010

GESTÄNDIGER LEHRLING

Kieferberg. Bis vor Kurzem wurde eifrig im Fall Mia Weiss, einer verunfallten Autolenkerin, ermittelt und nach Hinweisen gesucht. Doch die Arbeit der Beamten wurde mit einem Schlag leichter, als ein Lehrling der Autowerkstätte ‚Olli's Motor' ein Geständnis ablegte.

„Ich habe etwas getan, das ich nicht wollte. Es tut mir leid", so der Geständige. Laut Ermittler habe der junge Mann die Reifen des Unfallautos ausgetauscht und absichtlich einen Fehler dabei gemacht. Diese Aktion hatte schwerwiegende Folgen, denn das Opfer liegt seit über zwei Monaten bis dato im Koma. Ärzte können keine Besserung der Zustände erkennen und schließen ein Aufwachen der Patientin vorerst aus. Ihr Anwalt Stefano Rottenmann unterstützt die Polizei in diesem Fall.

ENDE

Kapitel 11: Respirare

„HÖR AUF!", brülle ich mit einem drohenden Ton. Die Augen der Spanner sind auf mich gerichtet, und dennoch steuere ich mit gezielten Schritten auf Marco zu. Das Herz pocht wie wild, mein Gemüt kocht über. Ich kann spüren, wie der Zorn aus meinem Bauch bis in den Hals hinaufsteigt. Der riesige Mann erblickt meine hasserfüllte Miene und die fackelnden Augen. Zu meinem Glück hat er in diesem Moment auf mich gehört und stoppt. Seine raue Stimme erklingt mit einem verachtenden Unterton:

„Was mischt du dich da ein? Hm? Wer bist du überhaupt?!"

Abrupt stelle ich mich in den Spalt zwischen ihm und Kay, bücke mich, um nach diesem zu sehen. Er hustet, spuckt Blut, sagt jedoch kein Wort. Marco packt mich an meiner Kleidung, doch noch während er mich hochzieht, schlage ich seinen Arm von meinem Körper und zische:

„Verschwinde!"

„Oder was?", fragt er hochnäsig.

Ich hasse diesen Typen so sehr. Reflexartig atme ich ein, um etwas zu sagen, doch es kommt nur ein Schnaufen heraus. *Oder was? Was kann ich schon tun?* Schnell erkenne ich meine Unterlegenheit und drehe mich erneut zu Kay um. Es wäre falsch ihn zu provozieren.

Keine Chance, ich kann mich nicht mit so einem anlegen. Ich muss Kay von hier wegbringen. Sein Gefolge kichert, Marco lacht lauthals:

„Was willst du mit dem schwulen Hund?! Lass ihn liegen. Soll er doch den Dreck fressen!"

So…. ES REICHT. Er hat kaum Zeit zum Luftholen, da dreh ich mich um und nehme meinen Schwung dabei mit. Eine gezielte, sogleich heftige Ohrfeige klatsch auf sein Gesicht.

„HÖR AUF!", brülle ich erneut.

Der Klatscher hat den anderen einen Schrecken eingejagt, dass sie alle samt schweigen. Ein letztes Mal in einem ruhigeren und klaren Ton:

„Hör auf."

Es klingt so, als würde eine Mutter ‚Es reicht.' zu ihrem Kind sagen. Das Fass ist übergelaufen. Mein Gegenüber hält sich die Finger auf die rote Stelle, der Abdruck meiner Hand klar sichtbar. Keine freche Silbe verlässt seinen Mund, nur ein toter Blick sieht von oben herab. Ich will das Gebelle eines solchen Köters keine Sekunde länger dulden. Es ist genug. Erneut drehe ich mich um und greife nach dem Arm meines Freundes. Er nimmt meine Hilfe an, rafft sich auf, stütz sich bei mir ab, jedoch wagt er es nicht vom Boden auf zu sehen. Mir ist es egal, ob er mich ansieht oder nicht, solange ich ihn nicht tragen muss. *Gott sei Dank, kann er noch gehen… oder zumindest so in der Art.* Wir brauchen eine Weile, bis wir meinen Ford erreichen. Dann mache ich die Beifahrertüre auf und lasse ihn hineinsitzen. Erstaunlicher Weise kann er sich noch selber anschnallen, aber seinen Geruch nach Alkohol habe ich schon lange wahrgenommen. Beim Starten des Motors beschließe ich langsam und vorsichtig zu fahren. Immerhin soll er mir ja nicht das Auto vollkotzen. Er hat es ja so schön geputzt.

Die Bäume ziehen am Fenster vorbei, die Felder strecken sich über die Landschaft und der Mond leuchtet durch Wolkenfetzen auf die Straße. Mein Blick wendet sich ein paar Mal zu ihm. Er ist eingeschlafen. Den Wagen vor seinem Haus geparkt überlege ich meinen nächsten Schritt. *Ich versuche mal Herrn Fuchs zu erreichen, bevor ich ihn auf dem Gehsteig hinauslege.* Tatsächlich hebt Oliver etwas genervt ab: „Ja?"

„Guten Abend!", antworte ich etwas peinlich berührt, erkläre jedoch mit ernstem Ton meine Lage:

„Ich komme gerade von der Feier bei den Kellingern. Kay hatte eine Schlägerei und relativ viel getrunken. Er sitz hier im Auto, ist jedoch eingeschlafen. Ich habe gesehen, dass bei Ihnen noch das Licht im Haus brennt und dachte, Sie könnten mir helfen ihn-…"

„Ich komme schon!", unterbricht er mich und legt auf. Keine Minute später fliegt die Haustüre auf und der Vater eilt mit Shorts, weißen Shirt und

Hauspatschen zu mir. Zusammen heben wir den Prinzen aus meinem Wagen und tragen ihn ins Haus. Im Unterbewusstsein bewegen sich seine Füße mit und irgendwie schaffen wir es in sein Zimmer.

„Uff… Danke", stöhne ich.

Sein Vater schüttelt den Kopf:

„Nein, ich danke dir. Der Vollidiot wäre allein am Arsch gewesen. Was weiß der Himmel, wo der sich wieder hineingeritten hat!"

Ich bin nicht der Himmel, sollte aber dennoch meinen Mund halten. Die Story kann Kay mal schön selber erzählen.

„Ich hole einen Eimer und etwas Wasser", erklärt Oliver bevor er den Raum verlässt.

Später sagt er zu mir, dass er noch das Spiel zu Ende sehen will und sitz seitdem im Wohnzimmer vor der Glotze. Meine soziale Ader strebt sich dagegen, zu gehen. Also habe ich ihm seine Jacke ausgezogen, ihn etwas zugedeckt und sein Gesicht mit dem Waschlappen gereinigt. Ich komm mir vor, wie meine Mutter. Sie hat mich auch immer so behandelt, wenn ich krank gewesen bin. *Anscheinend habe ich von der Besten gelernt.* Gerade will ich den Fetzen auswaschen gehen, da regt sich etwas hinter mir. Kay schreckt auf und sieht sich irritiert im Raum um. Sein Ausdruck sagt alles. Ich laufe zu ihm, halte den Eimer unter und er erbricht. Der strenge Geruch lässt

mich ebenfalls recken. *Beherrsch dich, Alex. Oh Gott...*
Wie hat das meine Mom immer ausgehalten?! Erschöpft
fällt er zurück in den Polster. Samt Eimer gehe ich in
das Klo und spüle das Erbrochene hinunter. Nach-
dem ich alles ausgewaschen habe, kehre ich zurück
in das Zimmer und schließe die Türe. Der Fuchs hat
sich währenddessen auf den Bauch gelegt und die
Arme vor seiner Nase verschränkt. Eine leichte Kopf-
drehung verfolgt mich, dann fragt er:
„Warum bist du hier?"
Verdutzt sehe ich ihn an:
„Soll ich gehen?"
„Nein, du Dummkopf", meint er und vergräbt das
Gesicht.
„Ich hab' dich von der Feier hierhergebracht, falls du
dich erinnerst. Dein Dad meinte, ich könnte bleiben.
Wollte dir nur helfen."
Geschafft dreht er sich auf seine Seite und legt den
Kopf auf den abgewinkelten Arm. Ich erkenne, dass
er für mich Platz gemacht hat und setze mich neben
ihn auf die Bettkante.
„Und warum warst du vorhin da?"
„Ich...", Was soll ich sagen?
„Ich bin nur zufällig vorbeigekommen und hab den
Streit mitgekriegt."
Kays Neugierde lässt nicht locker:
„Warum bist du nicht weiter gegangen? Du hättest

es ignorieren können."

Ich lache:

„War es dir etwa peinlich?"

Sein müder Blick auf den Boden zeigt mir, dass es nicht die Antwort ist, die er hören will. Dann rede ich erneut:

„Es hat mir einfach keine Ruhe gelassen, wie Marco dich angeschrien hat."

„Du kennst ihn?"

„Nein", betone ich, „Kathi hat mir von ihm erzählt."

„Dann weißt du auch den Rest?"

Natürlich, Kathi ist ein Plappermaul. Warte... Wieso ist der schon wieder so nüchtern?! Hat der wirklich den ganzen Alkohol herauf gekotzt?

„Ja", gebe ich als Antwort. Tatsächlich grinst er kurz:

„Gut, dann brauch ich es dir nicht mehr erklären."

Nein, ich weiß schon alles. Seufzend wende ich den Blick ab, bis er wieder zu fragen beginnt:

„Und warum hast du mir geholfen?"

„Du bist ziemlich hartnäckig, was?", erläutere ich verwundert.

Mit geschlossenen Augen erwidert er, dass es ihn überrascht hat. Immerhin wäre er in letzter Zeit kein guter Freund gewesen und habe Scheiße gebaut, mit der ich nichts zu tun hätte.

„Ich weiß", ist unpassend, aber ich sage es trotzdem. *Ich weiß, welcher Mist im Gange ist, aber nichts davon ist deine Schuld. Abgesehen davon…*

„Ich habe dir geholfen, weil du mein Freund bist",
erkläre ich gerade heraus. Ein ‚Mhm' ertönt, doch er
wirkt immer müder. Es dauert nur noch ein bisschen,
dann würde er…. Und er schläft. Hm… Keine Antwort und keine Fragen mehr von ihm. Sicher, dass er
nichts mehr um sich herum wahrnimmt. *Wenn du
wüstest.* Nie kann man jemandem genau beschreiben,
was man fühlt. Dieses Kribbeln im Bauch, das leichte
Klopfen in der Brust und jede himmlische Sekunde,
die man genießt, wenn diese eine Person neben einem ist. Nichts, nichts von all dem lässt sich so einfach beschreiben. Ich danke für jedes Wort, dass er
zu mir sagt, jeden Ton, der an mich gehen soll und
sei er noch so leise. Es tut einfach gut. Seit damals, als
wir Kinder waren, als er mich gefragt hat, ob wir
spielen gehen. Zusammen. Nichts und niemand
konnte diese Momente verhauen. Er nahm einfach
meine Hand, zog mich mit und lies mich nicht mehr
los. Noch heute umarmt er mich in den Momenten,
in denen ich es am meisten brauche, findet die richtigen Worte und schweigt, wenn es sein muss. Das
muss mal einer schaffen: Zuzuhören. Ich bin an dem
Abend zerbrochen, als er mir Jessy ‚vorstellte'. *Und
warum? Warum bin ich so zerbrochen? Hätte ich mich
nicht besser freuen sollen? Hätte ich nicht einfach bei
ihnen bleiben und weiter feiern sollen? So, als wäre nichts*

gewesen? Nein. Ich konnte es nicht. Auf einen Schlag ist alles zerbrochen, es tat höllisch weh. Tut es das noch immer?

„Es tut mir leid", gestehe ich kleinlaut, „ich wollte mich für dich und Jessy freuen, konnte es jedoch nicht. Es hat einfach zu sehr weh getan. Um ehrlich zu sein: Ich bin daran zerbrochen. Aber… es ist ok. Ich habe mich irgendwie abgelenkt und konnte mich wiederaufbauen. Es war falsch von mir, aber ich konnte nicht anders. Als ich dich heute am Boden ge-sehen hab, hat es in mir gebrannt. Jede Wunde, die zuvor aufgerissen wurde, brannte. Ich konnte es nicht länger mit ansehen. Ich wollte einfach, dass es aufhört. Also bin ich zu dir gegangen."

Mein Blick fällt erneut auf sein regloses Gesicht und seine geschlossenen Augen.

„Es zieht nicht ohne Grund am Herzen, es pocht nicht ohne Grund und es zerbricht auch nicht ohne Grund. Kay? Ich… Ich mag dich, mehr als du dir vor-stellen kannst. Ich liebe dich."

Tränen fallen. Das Bedürfnis ihn auch nur einen klei-nen Kuss auf die Wange zu geben, ist schmerzend groß. Ich widerstehe und presse die Lippen zusam-men. Meine Hand fasst an die Kette um meinen Hals, ergreift diese und nimmt sie ab. *Vielleicht brauchst du zurzeit mehr Schutz als ich.* Mit Bedacht lege ich sie ihm auf das Nachtkästchen. Mein Körper steht auf, deckt ihn noch einmal ordentlich zu und geht zur Türe. Ohne ein weiteres Wort verlasse ich sein Zimmer.

-Sonntagmorgen-

Die Sonnenstrahlen dringen in mein Zimmer, erhellen den Raum. Ich blinzle, reibe meine Augen und schau mich um. *Wie... Was? Wie lange habe ich geschlafen?* Meine Hand kramt nach dem Handy und die digitale Uhr zeigt 11:00. *WAS?!* Überrascht und geschockt staune ich über meinen tiefen Schlaf. *Das kann doch wohl nicht wahr sein!* Beim Zähneputzen beschließe ich, meine Mutter erst am Nachmittag zu besuchen. Vorerst möchte ich in die Kirche gehen, vielleicht habe ich heute ja etwas mehr Glück beim Suchen. Schnell bemerke ich, dass die Silberkette fehlt. *Ob Kay sie schon entdeckt hat? Ich bin gestern erstaunlich lange geblieben. Wie es ihm wohl heute geht?* Mit den Gedanken an den Kotzeimer von gestern bewege ich mich in Richtung Kleiderschrank und ziehe mich um.

-Mittag-

Hoffend, dass es das letzte Mal sein wird, drehe ich den Schlüssel über und öffne das Tor. Die Kirche ist wieder einmal leer, die Besucher waren schon um 10 Uhr gegangen. *Ob Pfarrer Luis die Messe heute*

*pünktlich gehalten hat? Ich frage mich, wie viele Leute ge-
kommen sind.* Zeitgleich klingelt mein Handy, es ist
Kay.

„Morgen", antworte ich. Er ebenfalls:

„Morgen. Wo bist du? Könn' wir reden?"

Er will reden? Über was? Verwundert frage ich ihn,
nach seinem Befinden. Übermüdet erklärt er, dass es
ihm besser ginge.

„Bist du jetzt zu Hause?"

„Nein", erwidert meine hallende Stimme, „ich bin in
der Kirche."

„Warum?"

„Lange Geschichte…", mein Verstand ist klar genug,
um den Mund zu halten. Ich kann ihm jetzt schlecht
von meinen Problemen erzählen. Vielleicht ein anderes Mal. So… in ferner Zukunft.

Ein Rauschen erklingt, als würde er etwas anziehen
und meint:

„Warte. Ich komm' vorbei."

Wie aus der Kanone geschossen rufe ich:

„Musst du nicht!"

Verdammt… Was sage ich da?

„Ich komme nachher einfach in die Werkstatt, ok?
Kann eine… zwei Stunden dauern."

„Nope", meint er, „bin schon unterwegs. Ich erledige
nur noch etwas. In einer Stunde bin ich da, bis
gleich." Aufgelegt. *Wieso lässt mich dieser Volltrottel*

nicht ausreden?! Ok, gut. Vielleicht bin ich fertig, bis er-
Ein Donnerschlag unterbricht meinen Gedanken-
gang. Das vorhergesagte Gewitter hat sich bereits
über Kieferberg niedergelassen. Regentropfen prasseln gegen die hohen Fenster.

Es vergeht locker eine Stunde und das doofe Do-
kument ist noch immer nicht in Reichweite. Meine
Suche erscheint nach wie vor vergebens. Mir kommt
vor, als hätte ich den Altar und die Sakristei zum
dritten Mal durchstöbert. *Soll ich wirklich alle Bänke
untersuchen? Alle?! Das kann eine Ewigkeit dauern.*
Nach einer Weile setze ich mich auf die Steinstufen
und höre dem Regen zu, wie er an das Glas klopft.
Habe ich mich vertan? Kann es überhaupt hier sein?
Abermals denke ich an den Hinweis meines Vaters:
„Ich habe mit Gott gesprochen..."
*Ist das überhaupt der richtige Hinweis? Ich wünschte, ich
könnte den originalen Brief nochmal lesen.* Keine
Chance. Meine Mutter hat alles verbrannt. Nach kur-
zem Überlegen stehe ich dann doch wieder auf. Ich
sollte meine Zeit nicht mit dem Nachdenken ver-
schwenden. *Vielleicht ist es ja doch noch irgendwo hier?*
Meine eilenden Schritte bewegen sich entlang des
Hauptflures. *Möglicherweise habe ich etwas beim Ker-
zenstand beim Eingang übersehen?* Zeitgleich zu meinem Gedanken, öffnet sich das Kirchentor. Eine
Schockstarre fährt in meinen Körper und ich bleibe

stehen. Kay tritt durchnässt herein und starrt mit einem geschockten Blick in meine Richtung.

„He-i, alles o-k?", frage ich mit runzliger Stirn.

Gezielt rennt er auf mich zu, packt mich beim Arm und flüstert:

„Wir müssen hier weg. SOFORT!"

„Was? Wo-von redest du?"

„Halt die Klappe und hör zumindest EINMAL auf mich!", fordert seine strenge Stimme während er mich vom Fleck zieht. Eilig sieht er sich um, überlegt und steuert schließlich auf eine Türe hin. Kay reist diese auf, steckt mich hinein und steigt ebenfalls hindurch. Nachdem er die Türe wieder verschlossen hat frage ich ihn sarkastisch:

„Dir ist bewusst, dass das ein BEICHTSTUHL ist?!"

Seine nasse Hand presst sich auf meinen Mund und er wiederholt leise:

„Halt – die – Klappe."

Seine aufmerksamen Augen weichen nicht vom dünnen Vorhang vor dem Fensterglas der Türe ab. Man kann von innen nach außen sehen, nicht aber von außen in den engen Raum. Apropos ‚enger Raum': Hier sollte nur Platz für EINE Person sein und Kays reflexartiger Entschluss hat das nicht mit einberechnet. Sein Körper beugt sich über mir, stütz sich an den Holzwänden ab. Es ist dunkel, doch das Licht der Kronleuchter glimmst durch den Spalt im Vorhang.

Jeder Tropfen auf seiner Kleidung und in seinem Gesicht ist erkennbar. Der Fuchs steht so nah bei mir, dass ich seine Wärme spüren kann. Keine Sekunde lang traue ich mich auch nur irgendwie zu bewegen. Sein Shirt ist so nass, dass es an seinem Oberkörper anliegt. *Das passiert nicht wirklich, oder?* Irgendetwas baumelt über meinem Kopf. *Tatsächlich... Er trägt meine Kette!* Das silberne Kreuz hängt um seinen Hals und mit einem Schlag wird mir bewusst, dass wir ja nicht ohne Grund hier drinnen sitzen. Es donnert mit einem lauten Knall, als hätte der Blitz in einen Baum eingeschlagen und dann noch einmal und noch einmal. Das Unwetter wird immer kräftiger. Kurz darauf ein erneuter Knall und mir scheint im gleichen Moment das Zufallen der Kirchentür gehört zu haben. Nur ein paar Sekunden später tritt eine dunkle Gestallt mit durchnässtem Mantel und Kapuze in unsere Sichtweite. Ich kann durch den Spalt im Vorhang sehen, wie sie eine Art Rohrstange mitschwingt und sich langsam umsieht. In diesem Augenblick beginnt das Licht zu flackern. Mein Herz pocht wie wild, das scheint sogar Kay mitbekommen zu haben und besänftigt mich leise:

„Ganz ruhig."

Mein Kindheitsfreund, besser gesagt Schwarm, steckt mit mir auf engem Raum fest, draußen läuft ein Kerl mit Eisenstange herum und ich soll ruhig bleiben? Aber natürlich! Mich wundert es nicht, dass meine Nerven am Boden liegen, doch seine Worte wirken Wunder. Ich beruhige mich und sehe zugleich zu, wie der fremde Mann die Gänge auf und abgeht. Er betritt sogar den Hochaltar und kurz die Sakristei. *Wonach sucht er?* Mit dem Beschluss, dass ich ihm eine verpasse, wenn er das Dokument vor mir findet, warte ich weiter ab. Unsere Atmung wird immer ruhiger und nach einer weiteren Minute wendet sich der Typ zum Gehen. Kurz nachdem das Tor zufällt, öffnet Kay die Holztüre und steigt vom Beichtstuhl heraus.

„Sag mal…", fange ich an, „hast du jetzt einen KOMPLETT an der Waffel?"

Mit aufrechter Statur sieht er mich nur verwundert an:

„Was meinst du?"

„Du kannst uns nicht einfach in so einen Beichtsuhl einsperren! Und außerdem, wer war der Typ?! Kannst du mir das erklären?"

Ich merke schnell, wie bescheuert ich frage, aber mir fehlen einfach die Worte zu dem, was gerade passiert ist.

„Dein Stiefvater, du Hirni", sagt er gerade heraus, „er hat nach dir gesucht." *Was?*

Kay erklärt im normalen Ton:

„Ich hab' ihn beim Parkplatz vorm Gasthaus gesehen, gegenüber vom Pfarrhof. Er hat mit jemanden telefoniert. Dann hat er irgendetwas geredet von ‚Ich suche nur nach Alex.'… Mit einer Rohrstange in der Hand, konnte das logischerweise nichts Gutes bedeuten."

Ich bin überrascht, dass er das tatsächlich mitbekommen hat. *Ach du Scheiße…* Erneut setze ich mich zurück in den Beichtstuhl und starre das Pult vor mir an. *Wieso sucht er nach mir? Was will er von mir? Ich…*

„Er… er wollte mich niederschlagen, oder?", spreche ich laut aus.

Kay sagt zudem kein Wort, er sieht mich nur an.

„Das kann nicht sein. Ich meine… Wärst du nicht gekommen…. Oh mein Gott."

Mein Kopf fällt nach vorne in die Handflächen, die Augen sind kurz vorm Tränen, ich stehe unter Schock. *WIESO?! Wieso hat er es auf mich abgesehen?! Reicht das alles nicht schon? Warum?!* Keine Ahnung, was ich denke und was ich herausbrülle.

„Und das alles nur wegen diesem SCHEISS Dokument!"

Seine ruhige Stimme fragt nach:

„Welches Dokument?"

„Ein beschissenes Dokument", beginne ich, „welches mich und meine Mutter aus diesem Drecksloch befreien soll!"

Mein Hass entfacht erneut, ich bin so wütend und geschockt.

„Und ich kann es einfach nicht finden! ‚Ich habe mit Gott gesprochen...' ARGHHH... Scheiße! Wo soll das denn sein?! Ich habe überall gesucht! Überall-"

Ich stoppe. *Warte. Den Beichtstuhl. Ich habe den Beichtstuhl vergessen!*

Meine Finger greifen entlang des hölzernen Pultes.

„Warte- Was machst du?", Kay wirkt entsetzt, doch das hält mich nicht davon ab, das obere Holz zu entfernen. KRACK! Es ist offen. Ein leerer Innenraum und darin, ein brauner Umschlag. Flink ergreife ich diesen und öffne ihn ohne Geduld. Die Kopfzeile des Zettels: ‚Testament', darunter ein handgeschriebener Text und ganz unten eine verschnörkelte Unterschrift. Danach der Name des Unterzeichners kleingedruckt: „Christoph Weiss"

Unmöglich.... Das ist unmöglich. Es existiert. Es existiert tatsächlich! Mit langsamen Schritten bewegt sich Kay in meine Richtung. Ohne Vorwarnung springe ich ihn um den Hals und umarme ihn, fester als sonst. Er erwidert meine Geste schweigend und ein ‚Danke' verlässt meine Lippen.

Gemeinsam gehen wir in Richtung Parkplatz beim Pfarrhof. Zwei Autos parken dort nebeneinander, von Sebastian fehlt jede Spur. Das Unwetter hat sich beruhigt und es regnet leicht.

„Was hast du jetzt damit vor?"

„Ich werde mit einem Freund von meiner Mutter

darüber reden. Dann werden wir sehen", erläutere ich ihm. Ich bin froh, dass er nicht mehr Erklärung benötigt. Fürs Erste zumindest. Man merkt an seiner Art, dass er einfach nur beruhigt ist, mich wohl auf zu sehen. Keine Ahnung, wie ich ihm die ganze Geschichte erklären soll...

„Ich verspreche dir, dass ich dir alles erzählen werde!"

„Alles gut", unterbricht er mich und lehnt sich an das Auto neben meinen Ford, „du brauchst mir nichts zu versprechen. Wir reden einfach, wenn du Zeit hast."

Scheiße... Er wollte ja auch etwas erzählen.

„Du wolltest mir doch etwas sagen, oder?"

Ein feines Lächeln, er atmet kurz durch die Nase, sieht auf den Boden, dann in meine Augen:

„Das kann warten."

Daraufhin stößt er sich ab, drückt mich an seine Brust und senkt den Kopf.

„Tu mir nur einen Gefallen, und pass auf dich auf."

Nach seinen Worten lässt er mich los, dreht sich um, öffnet die Autotür, steigt ein und startet den Motor. Ohne mich auch nur einmal anzusehen, parkt er aus und fährt die Straße hinunter. *Wäre das alles nur etwas einfacher.* Ich steige ebenfalls in mein Auto und frage mich, was er wohl bereden wollte. *Ob er das gestern Nacht doch noch gehört hat?*

-Nachmittag-

Es wäre zu gefährlich, jetzt nach Hause zu fahren, also beschließe ich direkt meine Mutter im Krankenhaus zu besuchen. Nachdem ich das Treppenhaus und die breiten Flure passiert habe, öffne ich die Türe von Zimmer Nr. 320. Nur das Piepen und Surren der Geräte ist zu hören, nicht mehr. Rottenmann steht am Fenster. Sein Körper zu mir gewendet, grüßt er wärmend:

„Hallo, Alex."

Ich lächle, grüße zurück und nähere mich dem Bett meiner Mutter. Auf dem Stuhl sitzend, nehme ich ihre Hand und grüße auch sie.

„Verzeih mir die Frage", beginnt Stefano, „aber was hast du da genau? Sind das Papiere für das Krankenhaus?" Diese Annahme zaubert mir ein Lächeln ins Gesicht und ich antworte mit einem „Nein". Ruhig wendet er sich zu mir. Daraufhin überreiche ich ihm den braunen Umschlag und erkläre, dass die Sucherei vorbei sei.

„Hast du etwa-", Rottenmann öffnet ihn, „Tatsächlich!"

Während er den Raum auf und ab geht, liest er durch die Zeilen, die ich noch nicht entziffern konnte. Nur das Surren der Geräte wimmert durch meine Ohren, keiner sagt ein Wort, bis er seine Freude zum Ausdruck bringt:

„Das ist fantastisch! Dass du das tatsächlich gefunden hast... Ein Wahnsinn."

„Und jetzt?", frage ich zwischendurch.

Sein Gesicht wendet sich vom Papier ab und er sieht mich an.

„Ich habe den Text noch nicht gelesen. Können Sie mir sagen, was da drinnen steht? Oder besser gesagt, was das alles jetzt für uns bedeutet?"

Nachdenklich reibt sich der Anwalt am Kinn, überlegt seine nächsten Worte, die wiederum ernst und ehrlich klingen:

„Ich habe die Unterlagen nochmal durchgelesen und die Notizen deiner Mutter angeschaut. Doch das hier... festigt alles. Es ist eigentlich ganz einfach: DU bekommst das versprochene Erbe, da dein Vater 10 Jahre lang keinen Mucks von sich gegeben hat."

„Alles? Und meine Mutter?", ich will wissen, was mit ihr ist. Sie kann doch nicht einfach leer ausgehen.

„So wie es aussieht.... Hat sie gerade kein Recht auf das Erbe. Christopher hat ihr die Hälfte zugesprochen, aber sie ist nicht in einem entscheidungsfähigen Zustand. Das erschwert die Sache. Also bekommst du alles."

Eine berechtigte Frage von meiner Seite:

„Was ist mit Sebastian?"

„Nein", sagt Stefano mit ruhigem Gewissen, „du bist noch entscheidungsfähig. Er bekommt keinen Cent.

Sebastian wäre erst erbberechtigt, wenn... Nein. Vergiss es."

Vergessen? Ich kann so ein wichtiges Detail nicht vergessen! Was wäre, wenn ich nicht mehr...

„Kann ich meiner Mutter die Hälfte zukommen lassen? Jetzt, in ihrem Zustand?", frage ich nach.

„Ja. Die Hälfte, ein Drittel, alles. Es ist deine Entscheidung. Ich werde das erledigen, du brauchst mir nur sagen, was du willst."

Wow... Rottenmann ist echt eine großartige Hilfe. Ich kann es noch immer nicht glauben, dass wir das Geld ‚so einfach' bekommen. Es gehört so gut wie uns! Doch... Was mache ich jetzt? Ich habe das Dokument, und weiter? Soll ich abhauen? Soll ich nach Hause gehen? Dort, wo der Löwe auf sein Abendessen wartet? Nein, unmöglich.

„Übrigens", fängt Stefano an und steckt das Testament zurück in den Umschlag, „ich habe einen Anruf erhalten. Ein Hinweis im Fall Mia Weiss ist aufgetreten."

„Haben die mich schon wieder im Visier?"

„Nein, Alex. Besser. Sie haben Sebastian im Visier. Er wird die nächsten drei Tage auf dem Revier verbringen. Die Kollegen dort wollen ihm einige Fragen stellen."

Das kann nicht sein. Sebastian? Wieso? Mir fehlen die Worte.

Ich bin stutzig:

„Was glauben Sie? Werden die etwas finden? Ich

meine… Die werden ihn doch nicht einbuchten, o-der?"

Mit einem verzweifelten Gesichtsausdruck setzt er sich ebenfalls auf einen Stuhl und gesteht:

„Ich bin mir nicht sicher. Er hat nichts Auffallendes gemacht und ich weiß leider auch nicht genauer, worum es sich bei diesem Hinweis handelt. Aber wenn sie etwas gegen ihn in der Hand haben, muss es wirklich bombensicher sein."

„Warum?", blöde Frage, wird mir auch gleich bewusst.

„Sebastian ist ein harter Brocken. Ich werde womöglich gute Kollegen an seiner Seite wiedersehen und dann wird es bis zum Gerichtstag ein harter Kampf werden. Der Typ ist nicht so einfach klein zu kriegen, Alex. Deine Mutter weiß genau, warum sie die ‚Beweise' vernichtet hat. Wenn er das Testament hätte… Puh."

Puh… Guter Ausdruck. Es ist hoffnungslos, wenn man jemanden, wie Sebastian, gegenübertreten will. Schon von anderen hört man, was für ein Geschäftsmann er war, welchen Ehrgeiz er hat und welch ein sturer Bock er sein kann. Stefano hat Recht, es MUSS bombensicher sein. Aber nach all dem, wird es wohl nur eine Vermutung sein, ein Tropfen auf dem heißen Stein. *Wo soll ich da bitte ein Licht am Tunnelende sehen?*

„Danke", ertönt es aus meinem Mund, „für alles, Herr Rottenmann. Sie haben mir wirklich geholfen. Bitte überweisen Sie meiner Mutter die Hälfte des Erbes."

Wir schütteln die Hände, doch er lässt die meine nicht sofort los, sondern sagt:

„Ich danke dir und fang mich bitte an zu duzen. Ich bin noch nicht so alt."

Das wird eine Weile dauern, mein Lieber. Aber ich versuche es. Vertieft in meine Gedanken, sehe ich Mama an. Sie liegt so seelenruhig da. Es ist schon lange her, seitdem sie das letzte Mal ein Wort gesagt hat. *Ob sie uns hören kann? Meine Gedanken lesen? Mom?* Auch wenn das Dokument aufgetaucht ist, ist dieser Höllenritt noch lange nicht vorbei. Niemandem traue ich mich auch nur ein Sterbenswörtchen zu sagen, was zu Hause passiert. *Ich habe Angst. Bitte, lass mich nicht allein. Kämpf weiter. Wach doch auf.* Kurz darauf wende ich mich zum Gehen und verabschiede mich von Rottenmann. Die Türe schon geöffnet, drehe ich mich noch einmal zu ihm um:

„Stefano?"

Aufmerksam blickt er mich an.

„Pass bitte weiter auf meine Mutter auf… und sollte mir etwas passieren, überweis doch bitte die volle Summe auf ihr Konto. Ja?"

Ich warte nicht auf seine Antwort und verlasse mit der ‚Alles-ist-gut'-Maske den Raum.

-Abend-

Stunden vergehen. Stunden voller Stille. Meine Hand greift in den Kühlschrank gefüllt mit Flaschen. Ein Schluck Alkohol nach dem anderen rinnt über meine Zunge. Ich finde mich selber auf der Terrasse wieder, angelehnt an einem Pfosten. Die Flaschen stehen um mich herum. Ungewohnt für eine trockene Person, wie mich, aber ich hatte schon lange keinen Absturz mehr. Konnte kaum ein hochprozentiges Getränk kosten, ohne abzuschalten. Gedanken schwirren im hohlen Kopf herum. Manche sind ablesbar, andere verschwommen. Ich blicke in den Himmel. Hier und da ein Stern, der durch Löcher in der Wolkendecke sichtbar ist, manchmal ein Flugzeug. Das Unwetter zieht sich erneut zusammen.
Was wäre, Stefano? Was wäre, wenn ich nicht mehr da bin? Unzählige Male denke ich daran, spreche es nie aus. Worte anderer hallen in meinem Kopf wider, als wären sie gegenwärtig:
„Man sollte dich anbinden, du…"
„Du schläfst seelenruhig in der Höhle des Löwen. Ist dir das bewusst?"
„Du bist eine SCHANDE für die Familie!"
„Anscheinend, hat er versagt…"

„Das Auto wurde kurz vor der Fahrt manipuliert. Möglicherweise haben Sie ja was damit zu tun."

„Du SCHWULER HUND hast es nicht verdient zu leben!"

Erneut nehme ich einen deftigen Schluck aus der Flasche und würge diesen meinen Hals hinunter. Mein Körper fühlt sich schwer an, jede Minute wie eine Stunde. *Habe ICH es verdient zu leben?* Der Erzeuger ist abgehauen, die Mutter liegt im Tiefschlaf und der Stiefvater will einen eliminieren, nur um an eine Summe zu kommen. *Doch, was ist das Geld schon wert, wenn es so einem Leben versprochen wird? Kann ich mir damit Glück kaufen? Liebe? Sag mir bitte, wie viel die Liebe kostet. Ich würde gerne etwas davon haben.* Kathi hat einen Freund, Meike lebt für das Café, Pfarrer Luis hat sich Gott verschrieben und ich? *Ich sollte ins Kloster gehen.* Nein. Aber jetzt mal ernsthaft: Was liebe ich? Wofür lebe ich? Für den Job? Nein. Das Auto? Habe ich noch nie gebraucht. Für Freunde oder Verwandte? Die kommen alle zurecht, keiner braucht mich. Für meine Mutter? Weiß der Himmel, wann sie aufwacht, ob sie aufwacht.

Nichts. Nichts fällt mir ein, das meinem Leben einen Sinn gibt. *Sinn? Brauche ich einen Sinn? Nein, aber ich würde schon gerne einen haben. Etwas, das da ist, um mich hier zu behalten. Warum bin ich hier? Warum bin ich nicht schon längst gegangen? Warum haue ich nicht jetzt ab? Ich habe das Geld, das Auto. Aber wohin? Wohin will ich? Was will ich? Was zum Henker will ich?*

Ein weiterer Zug von der Flasche. *Wie lange wird das noch so dahin gehen? Wie lange werde ich hier sitzen bleiben? Wartend auf den Untergang. Mensch, ich freu mich.* Ich kippe um, liege auf dem Holzboden. Der Blick fällt auf die Wiese und deren im Wind wehenden Grashalme. Etwas vibriert am Holz. Es stört. Ich greife nach meinem Handy, drehe mich auf den Rücken und hebe ab.

„Hei, Alex. Hast du kurz Zeit?"

Ich will dieser vertrauten Stimme nicht antworten, sie klingt zu freundlich, zu ruhig, zu schön.

„Ja, Kay. Ich habe kurz Zeit."

„Wo ist der Alte? Kann ich vorbeikommen?", fragt er.

Lustlos richte ich mich auf und lehne mich erneut an den Pfosten:

„Weg. Keine Ahnung, wo, aber weg. Warum willst du vorbeikommen?"

„Ich will reden."

„Mit mir?"

„Mit dir. Irgendein Spacko hat zwar in meine Reifen gestochen, aber mein Dad kann mich vorbeibringen", meint er. Doch ich danke ab, sage, es wäre unpassend.

Kay glaubt mir kein Wort:

„Ach ja? Was machst du leicht? Bist du zu Hause?"

Ein hohes, deutlich gelogenes „Nein" ertönt von mir. Der Fuchs sagt nur:

„Alles klar. Ich komm vorbei."

„Nein", erwidere ich flehend, „komm bitte nicht."

„Warum?"

Ich werfe den Kopf in den Nacken, dieser prallt jedoch am Pfosten hinter mir auf und fällt wieder nach vorne. Worte, wie „mir geht's gerade scheiße" und „wir reden ein anders Mal", sollen ihn umstimmen, doch er bleibt hartnäckig. *Was soll ich ihm sagen? Ach, ist doch egal...*

„Kay", fange ich an, „es ist grad alles ein bisschen scheiße und ich will nicht, dass du mich schon wieder heulen siehst. Außerdem... Was bringt es sich schon? Was willst du von mir hören? Dass das Leben toll ist? Dass es alles super wird? Ey, ich hab' selber keinen Bock mehr. Wirklich. Ich hab' keine Ahnung, was ich jetzt tun soll, wo ich hingehen soll und wem ich noch was sagen kann. Meine Mom ist grad am Verrecken, die Bullen halten mich für den Täter, die Kirche wird mich demnächst sowieso rauswerfen und abgesehen davon, werde ich nicht mehr lange leben, wenn Sebastian nach Hause kommt. Ich kann nicht abhauen und-"

„Warte", unterbricht er, „wieso sollte dich die Kirche rauswerfen?"

Ich antworte nichts. Stille. Geduldig wartet er auf einen Satz von mir. Kleinlaut und doch hörbar frage ich ihn:

„Liebe ist doch eine Sünde, oder?"

Mir fällt auf, dass ich mich in den letzten Minuten nur aufgeregt hatte und jetzt so eine Frage stelle. *Toll, Alex. Gut gemacht.* Diese lange Pause macht mir Sorgen.

„Scheiß drauf, warum willst du das wissen? Ist es wirklich wichtig?"

Nein. Eigentlich nicht. Denn ich weiß, dass die Hölle bereits auf mich wartet. Das Feuer brennt schon. Da brauche ich das eigentlich nicht mehr zu wissen.

„Hör mir zu, ich komm jetzt vorbei und wir reden. Ok?", beschließt er.

Ich wiederhole mich und verneine seinen Vorschlag. Es fühlt sich an, als würde ich gegen eine Wand reden. *Verdammt. Ich will nicht mit dir reden. Warum kapierst du das nicht?! Ich weiß, dass alles scheiße ist. Ich weiß, dass ich ein verschissenes Kind bin. Hör auf, auf mich einzureden. Es gibt keine Hoffnung. Ich bin ALLEINE!* Wie ein eingeschnapptes Kind bedecke ich meine Ohren, schüttele den Kopf und presse meine Augen zusammen. Der Alkohol zeigt seine Wirkung, doch in meinem Moment des Zusammenbruches, bemerke ich es kaum. Es wirkt alles so endlos scheiße. Die Stimme meines Freundes tönt durch das Gerät,

er will mich beruhigen, zwingt mich auf ihn zu hören, doch keines seiner Worte erreicht meinen Verstand.

„Hör auf", rufe ich, „HÖR AUF. Mach, dass es aufhört. Es soll aufhören."

Meine Bewegungen stoppen, ich bin wieder ruhig
und flüstere unter Tränen:

„Es tut weh. Alles. Jedes Wort, jede Berührung, die
dieses Schwein… Jeder Tag in diesem Haus."

Krampfhaft beißen die Zähne auf meine Lippen.

„Ich will nicht mehr. Ich will, dass es aufhört."

Wenn ich gehe, wird er mir folgen. Dieser Kerl, Sebastian, wird mich nie in Ruhe lassen. Wenn er das
Revier verlässt, kommt er. Er wird mich holen. *Wohin
soll ich? Soll ich überhaupt noch wo hingehen? Gibt es
noch einen Sinn?*

„Es tut mir leid", sind meine letzten Worte, dann lege
ich auf. *Scheiße, ich will nicht mehr. Es muss aufhören.*

Einige Minuten später finde ich mich in meinem
Zimmer wieder, mit Strick aus dem Keller. Die Türe
verschlossen, stehe ich da. Verheult, wie ein Kleinkind und entschlossen, wie der letzte Überlebende
eines Schiffunglückes, stelle ich mich auf den Stuhl.
Der Balken ist schön robust. Er wird mich schon halten.

„Vater, Herr im Himmel, steh uns bei in unseren
schlimmsten Tagen, in unseren schlimmsten Nächten, in unseren schlimmsten Momenten. Bleib bei

meiner Mutter, halte sie fern vom Bösen, sei da, halte sie wach", mir kommt es so vor, als würde mich der Herr beobachten, als würde er jedes Wort hören. Vielleicht liegt es daran, dass ich ihn anflehe mir zuzuhören. Nur dieses eine letzte Mal.

Jugendliche in meinem Alter, rebellieren gegen die Kirche, streben sich dagegen auch nur in ihrer Nähe zu sein. Sie haben keine Angst. Im Gegenteil: Sie freuen sich alle auf das sogenannte ‚Höllenfeuer‘ und, dass sie mit Satan zu Abend essen können. Der letzte Funken Respekt ist schon lange erloschen. Niemand von ihnen glaubt an Gott, denn Gott hat sie ja verlassen. Und ich? Ich wurde anders erzogen. Mir wurde gelehrt, dass es einen Gott gibt und dass er auf mich aufpasst, mir zusieht. Doch es gibt auch welche, die mir etwas anderes erzählen. Sie sagen, dass der Herr meine Fehler bemerkt, meine Sünden zählt und das Fegefeuer mich nach dem Tod ergreifen wird. Es wird mich packen und bei lebendigem Leibe verbrennen. Ein Schauer läuft über meinen Rücken. Ich habe Angst. Aber ich höre nicht auf die Aussagen der Rebellen, nicht auf die Worte der Priester und auch nicht auf das Gerede der alten Damen. Nein. Ich glaube, dass es einen Gott gibt und wenn er mich bestrafen will, dann soll er es tun. Ich bete:

„Ich bekenne Gott, dem Allmächtigen, und allen

Brüdern und Schwestern, dass ich Gutes unterlassen und Böses getan habe. Ich habe gesündigt in Gedanken, Worten und Werken. Durch meine Schuld, durch meine Schuld, durch meine große Schuld. Darum bitte ich die selige Jungfrau Maria, alle Engel und Heiligen, und euch, Brüder und Schwestern, für mich zu beten bei Gott, unserem Herrn. Amen."

Die Hand hört auf zu zittern, der Blick wirkt trüb und die Augen sind auf den Galgen gerichtet. Mir ist schon bewusst, dass Selbstmörder ins Fegefeuer kommen, aber eine Sünde mehr oder weniger, ist jetzt auch egal. Ich fühle mich nüchtern, denke klar. Bevor mich Sebastian ergreifen kann, bevor er mich schlägt, misshandelt oder tötet, sterbe ich lieber durch meine eigene Hand. Nichts auf dieser Welt würde mir das Leben bedeuten, nichts außer… ein Lächeln. Sein Lächeln. Das Fuchslächeln. *Ich wünschte, ich könnte es ein letztes Mal sehen.* Krampfhaft halten die Hände den Strick fest. Die Nägel bohren sich in das Fleisch. Rasch lege ich das Seil um meinen Hals, wie eine Kette. Kurz darauf zittern die Finger erneut, aber die Beine stehen wie angewurzelt da. *Nur ein Schritt, nur ein kleiner Schritt vom Stuhl. Dann ist es vorbei. Dann hört alles auf. Irgendetwas strebt sich dagegen. Mein natürlicher Lebenswille? Meine Angst? Meine Demut? Es ist doch nur ein Schritt. Von mir aus, ein Sprung!* Ich schlucke, kämpfe gegen mich selbst. *Spring doch einfach, verdammt!* In diesem Augenblick höre ich Schritte, jemand kommt die Treppe hoch. Als würde er sich anschleichen. *Scheiße, es ist Sebastian! Er muss früher entlassen worden sein. Nein. NEIN! Ich will nicht, dass er mich kriegt. Ich will nicht, dass er...* Es klopft an der Türe. Zuerst leise, dann lauter. Er probiert die Türklinke runter zu drücken, doch nichts passiert. Die Türe ist verschlossen. Ich bekomme Panik, presse die Handflächen an meine Ohren, schreie, dass er verschwinden soll. Mein Name ertönt, jemand ruft nach mir, droht, die Tür einzuschlagen. Ich habe Angst. *Hör auf!* Nein, ich bekomme kein Wort mehr heraus. Die Panik macht sich breit und übernimmt meinen Körper, meinen kompletten Verstand. Es donnert gegen die Tür. Dann noch einmal und noch einmal. Kurze Pause, er nimmt Anlauf. *Ich will nicht! Er darf mich nicht bekommen, ich will nicht durch seine dreckigen Hände sterben!* Alles verschwimmt, ich atme unkontrolliert, panisch zittert mein Leib. Angst, überall Angst. *Ich will nicht mehr. Es soll aufhören!* Er tritt die Türe ein, sie knallt auf und ich springe in der Panik vom Stuhl.

Ein Blitzlicht, ein weißer Schein. Dann ist alles schwarz, nein, verschwommen. Ich höre, wie der Stuhl auf dem Boden aufprallt, dann nichts mehr. Der Strick umschlingt den Hals und zieht sich immer weiter zusammen. *Luft. Wo ist die Luft? Ich spüre sie nicht, ich kann nicht mehr atmen.*

Der Mann stürmt herein. Er packt mich, hebt mich hoch. Ich kann seinen Griff um meine Oberschenkel spüren, er hält mich. *Wer bist du? Was tust du?* Die Tränen machen es mir schwer, das Gesicht meines Gegenübers zu erkennen. Dieser schreit einsetzt und wütend:

„Alex! Verdammte Scheiße. WAS ZUM TEUFEL MACHST DU DA?!"

Sein Griff drückt fester zusammen, zu sich. Nichts und niemand kann ihn dazu bringen, mich loszulassen, selbst, als ich ihn darum anflehe. Nein. Er hält mich hoch. Luft dringt wieder in meinen Hals.

„Atme, verdammt!", schreit er.

Ich traue mich nach Luft zu schnappen und kann jeden kühlen Zug spüren, der in meine Brust hinunterzieht. Meine Hände stützen sich an ihm ab, selbst die Finger graben sich in seine Kleidung. Kurz darauf lässt eine Hand ruckartig los, greift in seine Hosentasche. Irgendwie schafft er es ein Taschenmesser zu öffnen, dann hebt er es rasch über meinen Kopf. Ich spüre, wie die Schneid durch den Strick säbelt. Im nächsten Augenblick löst sich die Spannung von oben und wir sacken zu Boden, ohne, dass er mich loslässt.

Ich brauche nichts zu sehen, nichts zu hören, um zu wissen, wer es ist. Diese Wärme, der Griff um meinen Körper und die Art, wie er mich hält. Es ist kein anderer, als Kay. Er zittert und strahlt eine zudem zornige Aura aus, doch er lässt mich nicht los. Hier und da will er etwas sagen, bekommt aber nichts heraus. Ihm fehlen die Worte, so wie mir. Etwas glänzt im Augenwinkel. Meine Kette, die mit dem Silberkreuz, hängt um seine Brust. Sie klimpert, reflektiert das Licht.

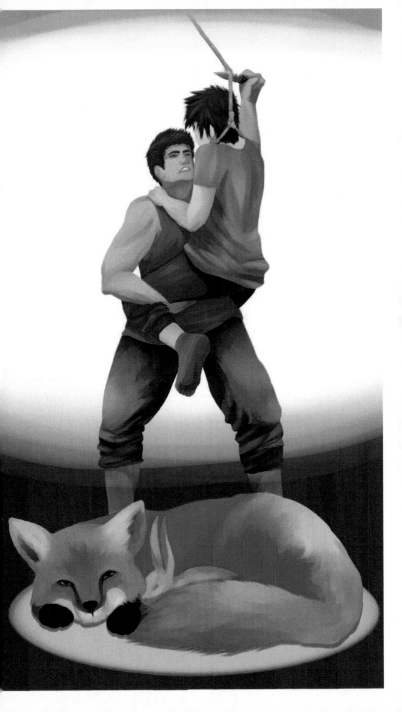

„E-s tut mir l-leid", beginne ich stotternd, „I-
Ich..."
Es bringt nichts. Ich habe keine Worte, die ich ihm sagen könnte. Es tut mir leid. Und so hocken wir da, zusammen, ich in seinem Arm, an ihn gepresst. Tatsächlich habe ich es geschafft, erneut vor ihm zu heulen. Und verdammt, bin ich froh darüber.

„Wieso... hast du das gemacht?", fragt mich der Fuchs.
Zuerst möchte ich gar nicht antworten, sage aber daraufhin, dass ich Angst hatte.
„Ich dachte, dass er kommen wird. Mich umbringen will. Aber ich... Ich will nicht durch seine dreckigen Hände sterben."
„Du wirst nicht sterben", verspricht er mir mit ruhiger Stimme. Es fühlt sich an, als würde er die Wahrheit sprechen. *Ich hoffe du hast Recht. Bitte, sag mir, dass er mich in Ruhe lassen wird.*
Kay fragt nach, wo der Dreckskerl überhaupt sei, denn er habe ihn seit dem Zwischenfall in der Kirche nicht mehr gesehen.
„Er ist im Revier. Die Polizei will ihn befragen, aber sie werden ihn demnächst wieder gehen lassen. Ich bin erledigt, wenn er kommt. Wahrscheinlich wir alle, wenn er uns findet."
Um ehrlich zu sein, ist diese Vermutung nicht gerade unglaubwürdig. Sicher ist der Teufel in ihn gefahren,

seitdem gegen ihn ermittelt wird. Dieses Arschloch kann inzwischen zu allem imstande sein. Ihm wäre es egal, welche Mittel er dazu einsetzen muss, um mich aus dem Weg zu räumen. Mein Freund hört meinen Vermutungen zu, die ich ihm unter dem nachfolgenden Schock mitteile. Aber er widerspricht mir nicht.

„Ich bin froh, dass mir die Bullen geglaubt haben", gesteht er erleichtert.

Was? Der verwirrte Blick in meinem Antlitz zwingt ihn, mich aufzuklären.

Mit klar verständlichen Worten erzählt er:

„Ich bin zur Polizeiwache gefahren. Kurz bevor ich zu dir in die Kirche gekommen bin. Ich habe ihnen gesagt, dass ich meinen Lehrling wegen Sabotage verdächtige. Er hat die Autoreifen deiner Mutter gewechselt, nicht ich. Zuerst wollten sie mir nicht zuhören und meinten, dass ich Beweise bräuchte. Ich habe ihnen gesagt, dass er an diesem Tag zum ersten Mal mit Handschuhen gearbeitet hätte. Das war mir irgendwie zu komisch. Nur einer der Beamten hat mir für ein paar Minuten ernsthafte Aufmerksamkeit geschenkt."

Daraufhin meint er, dass dieser Beamte ein Kollege von einem Herrn Förster sei. Er ermittle im Fall meiner Mutter und gebe seine Meldung weiter. *Ist das Hoffnung, die ich verspüre? Oder bloßes Entsetzen?*

Wieso hatte er diesen Verdacht? Der Fuchs erklärt weiter:

„Der Lehrling hatte einige Male mit Sebastian telefoniert. Und nach unserem Streit fügten sich einige Dinge plötzlich von selbst."

Er hat wieder einmal recht. Doch… dieses Mal frage ich ihn, was ich tun soll. *Hierbleiben? Gehen? Wohin?* Ich bin zu schwach, um mich zu bewegen. Mein Körper zittert noch immer.

„Nur damit du es weißt", fängt er aus dem Nichts an, „ich kann es mir sehr wohl vorstellen."

Verdutzt frage ich ihn, was er meine, und er erklärt seelenruhig:

„Ich kann mir ganz genau vorstellen, wie sehr du mich magst."

Das Herz in meiner Brust beginnt zu rasen und ich weigere mich strickt in anzusehen. *Was?! Hat er etwa alles gehört? Alles, was ich ihm gesagt habe? Alles? Jedes verdammte Wort?* Doch er redet weiter, so ruhig, wie die ersten Sätze:

„Ich wusste nicht, dass es dir so scheiße gegangen ist. Ich wollte dich nicht verletzten. Entschuldige."

Auch wenn ich es wollte, mein Mund ist zu trocken, um ihm zu antworten. Deshalb schweige ich, höre genau zu und lausche seinen nächsten Worten, die etwas lockerer klingen:

„Marco hatte Recht. Ich bin tatsächlich ein schwuler

Hund. Hm… Na und? Es ist doch egal, oder?"

Nur für einen kurzen Moment wartet er tatsächlich auf eine Antwort von mir, doch mein Körper kauert sich einfach noch weiter in seine Arme zusammen. Scham überschüttet meinen Leib und hindert mich, etwas zu sagen. Nochmal greift er fest um mich, flüstert, dass es okay sei.

„Ich mag dich. Und ich schwöre bei Gott, dass dich niemand mehr verletzten wird."

Wie ein Wahnsinniger kralle ich meine Finger in sein Shirt, erwidere stotternd, dass er aufhören soll. Doch es ist zu leise, dass er es hören könnte. Gut so, denn es wäre sowieso gelogen. Kay spürt meine Panik, meinen Drang zu fliehen und doch zu bleiben. Ich weiß selber nicht, was im Moment richtig und was falsch ist. Dann ergreift er erneut das Wort und erklärt mir stramm und ehrlich:

„Es ist mir scheiß egal, dass du ein Junge bist. Und es ist mir scheiß egal, was andere sagen. Ich liebe dich."

Auf einem Schlag lockert sich alles in mir. Ich beruhige mich, lasse mich fallen. Mit der Zuversicht, dass er mich fängt. *Es fühlt sich so gut an. Zu gut. Hört es jetzt auf? Dieser Schmerz in meiner Brust?* Ja, er ist weg. Endlich.

Aus dem Nichts fragt mich der Fuchs, wo meine Sachen seien. Mit Geldtasche, meinem Handy und einem Rucksack mit Kleidung, packt er mich noch einmal und hebt mich hoch. *Unglaublich, wie stark er ist. Oder bin ich wirklich so leicht?* Keine Chance. Ich bin zu müde zum Denken, lege meinen Kopf an ihn und warte einfach ab. Seine Schritte stapfen vorsichtig die Treppe hinunter, dann zu meinem Auto. Diesmal hatte ich es vor dem Haus geparkt.

Fetzen von Landschaftsbildern flimmern durch meinen Kopf. Es ist dunkel, leichter Regen. Von Minute zu Minute werde ich müder. Wir sprechen kein Wort mehr. Trotzdem fährt er einfach weiter. Weiter auf Straßen, die ich nicht kenne, zu Orten, die ich noch nie gesehen habe. Mir kommt es so vor, als würde ich stundenlang schlafen. Irgendwann bekomme ich im Unterbewusstsein mit, dass er den Wagen abstellt und die Autotür zufällt. Später kommt er zurück und hebt mich heraus. Das Nächste, das ich fühle, ist ein behutsamer Fall auf einen weichen Untergrund. *Eine Matratze?* Ich bekomme meine Augen kaum auf. Eine Weile später bemerke ich nur, wie mich jemand zudeckt und ich mich endlich zusammenkauern kann. Für einen Moment fühlt sich alles so friedlich an. Ich weiß nicht, wo ich bin, aber ich bin in Sicherheit. Keiner kann mir etwas anhaben. Niemand kann mir wehtun. Ruhe. Stille. Frieden. Mehr brauche ich nicht.

-am nächsten Morgen-

Etwas Helles leuchtet durch das Fenster. Sonnenstrahlen, die den Raum mit Licht erfüllen. Ich fühle mich besser. Anscheinend bin ich nicht mehr so gelähmt wie gestern. Ein Weilchen betrachte ich die Fensterbank, dann bemerke ich die weiche, große Decke über mir. Daraufhin drehe ich mich um und sehe, wie er neben mir liegt. Still und leise schläft er, wie ein unschuldiges Kind. *Kann das alles wahr sein? Kann ich es wirklich geschafft haben? Bin ich wirklich entkommen?* Es braucht noch ein bisschen, bis ich es tatsächlich realisieren kann, was alles passiert ist. Welchen Sieg ich erlangt habe, durch ... ihn. *Ich verdanke dir so viel, Kay. Danke für alles. Danke, dass ich auch diesen Morgen wieder erleben darf.* Zu ihm gekuschelt umschlinge ich seinen warmen Körper. Kurz darauf spüre ich, wie auch seine Hände meine Haut berühren.

Schaffertal, Mittwoch 23. Juni 2010

Hallöle, Alex!

Kay hat mich angerufen und mir erzählt, dass ihr abgehauen seid. (Er hat mir die Adresse verraten, für alle
Fälle.) Fürs Erste ist das vielleicht auch besser so.
Der Löwe, Sebastian, hat sie echt nicht mehr alle! Ich
wollte dir nur sagen, dass du mich immer erreichen
kannst und ich immer für dich da bin! Ach ja: Ich habe mit
Meike geredet. Sie hat Betriebsurlaub. Scheint verdammt
gut zu laufen mit dem Sperling Café. Du verpasst also rein
gar nichts.

Deine Mutter ist stabil! Ich habe euren Anwalt kennen gelernt. Stefano, oder? Ich soll dir von ihm ausrichten, dass
alles gut wird. Außerdem... Ich bin so froh, dass es für
dich doch noch gut ausgegangen ist. Also, was Kay betrifft. Wenn ich zurückdenke, an die alten Zeiten... Ach,
es war so schön damals. Kannst du dich noch an deine
erste richtige Feier erinnern? Kay musste auf dich aufpas-
sen, weil du hacke zu warst! Und damals, als wir ans Meer
fuhren mit deiner Mama. Mensch, das waren Zeiten. Wir
haben ja unserer Erlebnisse auf Kamera festgehalten. Ich
habe dir ein paar Fotos in den Briefumschlag hineinge-
steckt. Hoffentlich hast du beim Anschauen dann auch so
einen fetten Grinser drauf, wie ich. :D

Vertrau mir, alles wird gut werden!

Hab dich lieb, Kleiner. Passt auf euch auf!
Süße Grüße, *Kathi* <3

ENDE

Charakterliste

Alex Weiss = die Hauptfigur, erzählt die Geschichte

Mia Weiss = Alex Mutter, wohnt mit Sebastian zusammen, hat eine große Schwester namens Meike

Sebastian Kohlbauer = Stiefvater von Alex, Alkoholiker und Hausherr der Familie

Kay Fuchs = Alex Kindheitsfreund, arbeitet bei ,Olli's Motor'

Kathi = Alex beste Freundin, wohnt in Schaffertal mit ihrem Freund Jakob

Meike = Alex Tante und Besitzerin des ,Sperling Cafés', Mia ist ihre kleine Schwester

Pater Luis = Pfarrer von Kieferberg, guter Freund von Mia

Stefano Rottenmann = Mias Anwalt und Alex Verbündeter

Oliver Fuchs = Kays Vater und Chef der Autowerkstätte ,Olli's Motor'

Jessica Barker = „Jessy", Spanierin, Kays Freundin

Eine Nachricht vom Autor

Diese Geschichte spielt im Jahr 2010, aber es hätte keinen Unterschied gemacht, wenn ich sie im Jahr 2020 erzählt hätte. Homosexualität wird noch immer miss- und verachtet. Ich finde es ungerecht, denn nirgends in der Bibel steht ein Gesetz für die Liebe. Im Gegenteil.
Jesus sagte: „Liebe deinen Nächsten, wie dich selbst."
Er nannte kein Geschlecht, kein Aussehen, keine Zahl, keine Herkunft und keine Religion. Der Mensch ist Mensch und wir sind alle gleich.

Suizidhotline

„Danke, dass ich auch diesen Morgen wieder erleben darf."
- Alex

Österreich:

142 (Notruf)
0800 – 201 440 (Sorgentelefon)
0800 – 600 607(Ö3 Kummernummer, täglich von 16-24 Uhr)

Deutschland:

0800 - 111 0 111 (ev.)
0800 - 111 0 222 (rk.)
0800 - 111 0 333
(für Kinder / Jugendliche)

Danke fürs Lesen.